NARRATORI DELLA FENICE

In copertina: Yamaguchi Kayo, *Caco verde*, 1978
Grafica: *the*World*of*DOT
Progetto grafico: Guido Scarabottolo

ISBN 978-88-235-1324-2

Published by arrangement with Marco Vigevani & Associati Agenzia Letteraria
Gruppo editoriale Mauri Spagnol
www.guanda.it

MARIAPIA VELADIANO

UNA STORIA QUASI PERFETTA

UGO GUANDA EDITORE

UNA STORIA QUASI PERFETTA

1

«Ascolta bene quel che ti dico bambina. Io so cos'è l'amore e l'amore non è nebbia che la stagione asciuga. È come il suono. Sembra andato ma intanto ti ha trasformata. Entrato dentro per sempre, nella forma di una parola che ti ha benedetta o di una musica che accompagna i tuoi giorni.

L'amore mio sarà con te quando giochi, quando dormi, quando ti alzi, quando cammini per strada, quando ti addormenti, anche quando non lo sentirai. Lo ritroverai nelle piante che coltiverai e nei fiori che disegnerai. Ti sorprenderà alle spalle come un gatto, che può scappare quando ti giri ma c'era e non eri sola. Allora il desiderio te lo farà cercare nelle persone che incontri e il desiderio è forte e ti confonde. Il seduttore non sa l'amore, vuole prendere quel che si può solo ricevere ma sa la forza del desiderio e le sue leggi. Non è il primo desiderio, né il secondo o il terzo l'amore. È quello che resta dopo l'incendio, dopo l'inganno che invece sì è nebbia e la prima luce arriva come un regalo e lo umilia nel suo esser nulla.»

Aveva fatto una pausa perché il respiro tornasse a sostenere le parole. Poi sua madre aveva concluso così piano che forse lei lo aveva sognato: «Tu sei la luce, tu sei il regalo».

2

«Lei è un regalo» disse lui mentre l'aiutava a sciogliere il fiocco laterale troppo stretto e senza perdere di vista i fogli che ormai coprivano tutta la scrivania. Prendeva le tavole dalla cartella che lei lasciava aperta poco poco, appena quel che bastava per poterle sfilare. Le prendeva una dopo l'altra, senza riuscire a fermarsi.

Avrebbe dovuto controllarsi, lo faceva sempre al primo incontro. Sapeva mostrare un'attenzione senza fretta, sia quando trovava un disegno o un bozzetto eccezionale sia quando capiva che non avrebbe visto niente di buono, nessun segno, o colore, o tratto originale che avrebbe reso nuove le collezioni sue o quelle di un cliente, la stagione successiva o uno degli anni a venire. Non era mai puro e finito quel che trovava, ma gli bastava una suggestione, un accostamento di tonalità e di linee, poi ci avrebbe lavorato lui, con loro, la sua squadra. Ciascuno a suo modo, al computer, a mano, su carta. Si accumulavano schizzi per l'oggettistica, per le stoffe, anche bozzetti per le collezioni di vestiti, prove scartate e poi riprese. In questa fase la più classica delle sue creative, che si chiamava Marinella, cuciva miniabiti perfetti, li cuciva in privato, per sé stessa, conservati in teche alte e strette con pareti e ripiani di vetro, a casa sua. Fra le cose più eccitanti che lui avesse mai visto nella casa di una donna.

Solo per la sua collezione annuale di vestiti, solo per quella c'era il rito del confronto, intorno al bel tavolo circolare del suo studio, per il resto del tempo quasi sempre libero, mai nemmeno una carta sopra, la creazione vuole il nulla prima, solo così si sa che è divina, diceva, e non per scherzo. E dopo interminati giri di tavolo, che potevano durare giorni, durante i quali a tutti era permesso dire tutto, ogni volta la luce arrivava e la scelta veniva compiuta. Un'idea fatta di linee, colori, stoffe già immaginate, per mesi e mesi perfezionata da ogni gesto là dentro, presente nelle ore del lavoro e del sonno, inseguita fin nei giorni di festa, perfetta, quasi finita nei bozzetti della nuova linea di vestiti che si passavano e ripassavano l'un l'altro per confermarsi nella convinzione dell'opera ben compiuta. Poi capitava che la scartassero d'un colpo quell'idea, per una folgorazione dell'ultima ora, di quelle che rovesciano la programmazione e le notti diventano solo lavoro e tutti corrono, volano dalla sartoria alla scrivania, agli appuntamenti con i giornalisti, ben scelti, le pietre di eliotropio tagliate a misura per le cinture sono in ritardo, nemmeno gli inviti partono in tempo, le luci di sala si son dimenticati di cambiarle eppure era stato richiesto e anche sollecitato, i truccatori si fratturano i polsi in coppia. Finché la sfilata inizia in un momento preciso e finisce e dura un attimo l'aver finito, le foto, la notte di musica, parole, quante parole, calici, odori di buffet mescolati a profumi di donne e uomini, creme, fissatori di capelli e di rughe, rossetti, leggeri e perfetti sulle modelle, violenti e subito sfatti su mogli e amanti in fuga dall'età. Lo sguardo ossessivo ai primi lanci, sui siti, sui social, gli articoli domani. Ne parlano bene, ne parlano bene. È andata. Si ricomincia per la prossima stagione, neanche il tempo di dormire. Dal successo si può solo cadere.

Quel giorno sembrava che tutti i santi, in cui lui non credeva, si fossero alleati per portargli in ufficio lei e i suoi disegni. Non riusciva a fermarsi su una tavola. Erano straordinarie, in tutti i sensi singolari, bastava uno sguardo per capirlo. Talmente sorprendenti, nuove, non ricordavano qualcosa che lui conoscesse. Sembrava che non si fosse ispirata a niente di già visto. Certo non conosceva tutto lui, tutta la storia dell'arte, della moda, del design, no tutto no. Ma quasi tutto sì. Quella era la sua terra, l'aveva attraversata nelle quattro direzioni lungo la sua vita. Era il suo mare e il suo cielo. Lui capiva subito se qualcuno aveva in mente Morris oppure Ligozzi oppure Sybilla Merian. Era colto con precisione e senza eccessi. Quel che serviva al suo lavoro però lo sapeva.

Quella volta gli sfuggì la misura controllata del primo incontro. Avrebbe dovuto ascoltare la tensione che lo aveva sorpreso.

3

Era una cartella portadisegni ben particolare, aveva pensato quando lei era entrata. Quadrata, difficile da maneggiare, di cartoncino bianco, così candido che ci si chiedeva come fosse possibile, decorato con piccoli rami di lillà, una trama regolare, però era ciascuno diverso dall'altro, coi colori dal rosa all'azzurro al bianco, come se fossero stati presi a modello tutti quelli di un cespuglio invece che uno solo.

Lo aveva sfiorato l'idea che potessero essere dipinti uno a uno. Non vedeva abbastanza bene dall'alto dei suoi quasi due metri.

«Impossibile» aveva concluso.

Entrando lei teneva la cartelletta in modo innaturale. Per non farle toccare il pavimento piegava il gomito e la stringeva fra l'indice e il medio. Tre fiocchi di nastro color lilla trattenevano i fogli ai tre lati. Sciogliendo il fiocco in alto, le dita di lei si erano ingarbugliate.

«Belle mani» aveva pensato lui mentre si sedeva dopo averla guidata alla poltroncina davanti alla scrivania. Lei era rimasta in piedi. Aveva appoggiato la cartelletta sulla poltroncina e la teneva verticale. La sua immagine riflessa dai tre lunghi specchi che arredavano le pareti.

«Il suo nome è...» le stava dicendo.

«Bianca» lo aveva anticipato lei con impeto, come se tutto dipendesse dal dire prima di lui il suo nome: «Bianca de Zudei».

Si sarebbe infastidito se in quel momento non fosse apparso il primo disegno.

Conosceva bene il suo nome perché conosceva il potere dei nomi. Ricordava sempre il nome di chi riceveva. Non ne dimenticava uno. E ricordava anche i visi, aveva un talento. Li sapeva disegnare, fissare la piega di un'anima spigolosa, la curva di una delusione che non si fa dimenticare, il solco di un rancore che rende opachi i pensieri. I rapporti di lavoro sono più facili se si ricordano i nomi dei collaboratori e dei clienti, dei fornitori, degli autisti, delle modelle, dei fotografi, dei giornalisti, dei redattori. Di tutti quelli che incontrava, finché serviva.

«Conoscere il nome va bene quando si dà un incarico» diceva sempre. «Vuol dire attenzione, un riconoscimento rivolto proprio a quella persona e non genericamente al suo lavoro. Va bene anche per rifiutare una richiesta di collaborazione. C'è la sorpresa di essere chiamati per nome. Cortesia e distacco, senza andar troppo oltre, quel che basta perché ci sia il dispiacere di dare un dispiacere.» Diventava quasi poeta quando parlava dei nomi. In realtà aveva imparato tutto quel che sapeva sui nomi da una donna e non aveva più dimenticato. Lui non dimenticava niente di quel che avrebbe potuto essergli utile.

«Di Venezia» aveva completato lui che pescava mentalmente senza fatica dai dati del curriculum letto appena prima.

«Sì. Quasi di Venezia.»

Bianca teneva la cartella appoggiata al suo corpo, sempre in piedi. Aveva le dita bianche irrigidite nello sforzo di non farla scivolar giù. Era nella stessa posizione ormai da un bel po'. Non aveva per un solo momento mostrato l'intenzione di sedersi. Aveva lasciato socchiusa la porta da cui era entrata, lui l'aveva annotato. Senza parere lei la teneva d'occhio, piegando leggermente la testa per poterlo fare, quasi di profilo.

«Bel profilo» ancora aveva pensato lui appena prima di non riuscire a staccare lo sguardo dai disegni. Anche lui infine stava in piedi, non seduto di fronte a lei come avrebbe voluto. Si era alzato subito, infastidito di doverlo fare, ma costretto dalla sorpresa per tutta quella bellezza.

Avrebbe dovuto essere ben seduto sulla sua poltrona rosso cardinale, unico arredo colorato dentro il suo studio e anche nell'open space che si vedeva al di là della parete a vetri alla sua sinistra. Sedie, scaffali, portaombrelli, attaccapanni, tavoli, computer, cornici degli specchi, tutto era nero o bianco.

4

Tre rampe di scale senza finestre e senza illuminazione.

I gradini di pietra lisciata dal calpestio si arrotolavano stretti per tre piani. In pattuglia le arrivavano addosso odore di vecchio, di chiuso, di polvere, di ragnatele che nessuno raccoglieva da chissaquando. La ringhiera di ferro e il corrimano di legno lasciavano pensare a un qualche intervento di accomodamento fatto a metà del secolo precedente su una struttura più antica. Era una tipica casa borghese con finestre solo al piano nobile, affacciate sulla piazza dei Signori. La modernità l'aveva trasformata in uffici e negozi, come era capitato alla Basilica del Palladio, alle case di contra' do Rode e di contra' Porti. Negozi e banche dappertutto. Le era arrivato un senso di sperdimento quella mattina, quando aveva inciampato nel buio sul primo gradino. L'impressione puntuta di avere sbagliato palazzo e città. Aveva già salito scale simili, forse uguali. E non voleva salirle più.

Non sembrava interessare a nessuno che si arrivasse su sani e salvi. Nemmeno che si arrivasse. C'era una targhetta piccola giù all'ingresso. Niente sulla porta che si trovò davanti alla fine delle scale.

Se quello era un preludio di qualcosa, era un preludio disgraziato.

5

I colori c'erano a guardar bene, ma solo negli espositori lungo le pareti dei due uffici, quello di lui e l'open space. Sobri pannelli di legno chiaro che allineavano le carte, le stoffe, i biglietti, gli oggetti. Ogni espositore un pezzo di storia dell'azienda. L'aveva fondata suo nonno, che non aveva i soldi per acquistare i macchinari, ma voleva fare il grafico quando i grafici non esistevano e i tipografi lo deridevano perché a far la grafica di calendari e giornali bastavano loro, dicevano. Spariti tutti poi i tipografi. Mentre i grafici diventavano moltitudine.

Nel suo studio c'era il primo campionario, che riprendeva i motivi di tappezzerie e carte antiche. Una scelta che il nonno aveva fatto molto prima che diventasse moda. Un espositore riportava il passaggio alle stoffe d'arredo e poi ai vestiti, prima con collezioni proprie e più tardi anche con quelle di altri stilisti a cui vendevano le idee. Lui curava esclusivamente l'annuale collezione donna, a Villa Cordellina, appena fuori città, una sola ma faceva un sobrio giro del mondo, diceva compiaciuto. E intanto si allargava la loro offerta sulla grafica, con carte e oggetti per tutti i gusti, frivolo, colto, popolare. Con marchio proprio e no. Nell'open space le fotografie in bianco e nero delle collezioni arredavano le pareti. Nove in tutto. Sempre la stessa modella. Una follia che lui aveva voluto. Senza ritocchi e photoshop. *Eterna nel tempo*, aveva intitolato la prima collezione. Un disastro. Ma suo nonno gli aveva insegnato che la scuola migliore è l'insuccesso, perché obbliga a fermarsi e vedere quel che non va. E le altre collezioni erano andate. Eccome erano andate.

6

Passava da una tavola all'altra con furia, imprudente nel suo entusiasmo. Imprudente e affascinato. Affascinato, ecco, affascinato.

La prima tavola era divisa in quattro parti, quattro quadrati separati da quattro accenni di linea di colori diversi, dal verde all'azzurro. Quello in alto a sinistra era attraversato da un ramo di ipomea d'un blu scuro e denso, violaceo. Le foglie a forma di cuore quasi avvolgevano i fiori che però si allargavano con determinazione fino a dominare lo spazio. Sullo sfondo poche foglie di bosso, appena accennate. Lo stesso tralcio con fiori in primo piano, più due boccioli, occupavano il secondo quadrato, come un'incertezza di scelta fra due linee diversamente decise, la spirale del bocciolo, che punta l'infinito bianco del foglio, o la linea chiusa. «Maschile e femminile?» si chiese lui.

Il terzo quadrato esibiva un unico fiore di ipomea. Il più improponibile dei fiori, passato dalla pittura alle lampade alla tappezzeria alle carte da parati e poi riprodotto in milioni di stucchevoli varianti nelle carte da regalo, improponibile. Ma non aveva nemmeno potuto pensare quel che in qualsiasi altro momento gli sarebbe venuto da pensare, perché nell'ultimo quadrato la linea del fiore, appena accennata, diventava una gonna, con un angolo appena alzato, a campanella. Si poteva immaginarla ondeggiare sulle lunghe gambe delle modelle. E accanto c'era un vestito, dove la stessa linea appena alzata sul seno riproduceva il movimento della gonna, e vicino una sciarpa e anche un cappello, di ampiezza monacale, ma d'un vezzo così elegante.

Intanto l'altro foglio aveva trovato posto accanto al primo. C'era un gruppo di bletille color rosso cardinale, una prospettiva dal basso, quasi una foresta di steli impettiti, con le campanelline allineate che replicavano infinite regolarità. Poi nel quadrato accanto solo gli steli, piegati come se i fiori, anche se riprodotti in una versione fantasmatica, qui solo due punte accennate, là una curva del petalo, come se questi fiori senza peso piegassero gli steli con precisione scolpita nell'aria. Nel terzo passaggio si perdevano gli steli, disegnati in assenza, il tratto ormai solo immaginato grazie alla posizione dei fiori, segni leggeri come un ricordo che non può far male. L'ultimo riquadro a sorpresa era una foresta, di nuovo, ma di puntute corolle appena accennate, piccole lance che lasciavano intuire il disegno iniziale, a due tre dieci livelli di profondità. Era un corpetto, un corpetto con queste corolle all'insù. Lo poteva immaginare, richiedeva una modella alta altissima, di pelle diafana, da far sfilare accanto a una ugualmente alta, di pelle scurissima. Un colpo d'occhio da restare in affanno a immaginarlo.

«Meraviglia. Come riesce a ottenere questo, come» disse lui a se stesso, a lei, al mondo che avrebbe visto un giorno questo risultato sul profilo di un vestito reso inconfondibile, opera unica. Per pochi, pochissimi.

La tavola successiva era un elleboro. Dominava il verde, ma quel che alla fine restava erano solo i raggi disordinati delle brattee palmate. Senza superficie e senza spessore.

«Sono fiori...» cominciò lui. Voleva dire qualcosa che non gli veniva eppure era un prestigiatore con le belle parole. Fiori dei quali restava come la forma essenziale, un'idea inconfondibile e unica del fiore, per chi lo conosceva. Un'immagine di bellezza e basta, per tutti gli altri. Questo voleva dire.

«Non ci sono fiori... qui dentro» disse lei con tono incerto guardando oltre il vetro la scacchiera di computer neri e tavoli bianchi. Non c'era nessuno in quel momento, erano tutti in pausa pranzo. Gli schermi che si vedevano erano accesi.

«Quando non sono perfetti diventano così tristi» rispose lui distrattamente. «Questi suoi sono perfetti» aggiunse a precipizio.

Guardava quella gazzarra di colori e forme che occupavano la scrivania in un disordine di giallo, rosa, verde acido, carminio, e poi azzurri, verdeacqua, ottanio. E le forme, le forme che spuntavano da un foglio e poi da un altro, sovrapposte, perfette.

La guardò per cercare di capire chi fosse. Tanto lei non lo guardava. Era alta, sottile, uno di quegli steli di cui riempiva magistralmente i fogli, pensò, pentendosi subito per la qualità barocca del suo pensiero. Anche perché non era vero. Non era così magra. Le spalle piene, anche le braccia. Doveva fare qualche sport. Non era abbronzata, qualche sport al chiuso.

«Sì!» disse lei sorpresa. «Nuoto. Come lo sa?»

Bianca lo guardò dritto negli occhi per la prima volta ed erano verdi gli occhi di lei. E poi quei capelli chiarissimi, tanti, mossi e così fini che non ricadevano ma restavano come sospesi, appoggiati all'aria. Lui strinse le labbra. Non si era reso conto di aver pensato ad alta voce e voleva essere sicuro di non dire più niente di imprudente.

Per anni. Non riusciva nemmeno a pensarlo tanto era evidente. Per anni avrebbe potuto ricavare forme, collezioni, colori dai disegni di Bianca. Avrebbe venduto con parsimonia a mezzo mondo quei tratti diversi l'uno dall'altro. Lentamente venduti. E i migliori li avrebbe tenuti. I migliori, erano tutti migliori, non c'era un disegno che fosse scontato, già visto, un poco ovvio, ecco. Avrebbe tenuto per sé quelli che potevano costruire uno stile, un marchio nuovo, una sorpresa su cui creare un'attesa.

«Per fortuna non c'è nessuno nello studio in questo momento» pensò.

Non si potevano certo mostrare. Niente rito dei suoi collaboratori che guardano, valutano e fanno osservazioni teleguidate dal suo mezzo dire, o tacere. Solo Costanza, pensò. Solo lei. Costanza dell'ufficio relazioni, la più «grande», come diceva lui alla francese. La più vecchia. Lei sì doveva vedere perché avrebbe saputo amministrare tutta quella grazia. Avrebbe dovuto inventare qualcosa che creasse un'attesa. Vendere un'idea per sollevare un'eco di interesse. Solo dopo avrebbero creato la loro collezione.

Che stupidaggine.

Prima la collezione, un botto. Poi si sarebbe potuto vendere qualcosa, con prudenza. O forse anche qualcosa di importante, per far capire che c'era ancora tanto dietro. Un'attesa e una sorpresa insieme.

Solo Costanza poteva vedere tutto. Gli altri un po' alla volta. Doveva proteggerli quei disegni.

Intanto doveva averli. Averla. Era pure bella.

«Ma lei da dove viene? Dove mai ha nascosto il suo talento fino a oggi?» le chiese guardandola di nuovo negli occhi.

Aveva visto le gambe per prime. Era seduto alla scrivania quando era entrata, leggeva un comunicato stampa da correggere. Niente in realtà da correggere, Costanza pensava come lui, si scambiavano le parole a volte, con divertimento di tutti. Qualche volta lui le stringeva le spalle con un braccio e la tirava verso di sé fingendo un bacio sulla guancia. Costanza si sottraeva.

«Potrei essere tua madre» scandiva allora con un fare didattico che era il suo modo per chiudere un discorso molesto. Ma non era sua madre e nemmeno la sua amante e questo le dava un bel po' di libertà.

Comunque lui da questo appuntamento non si aspettava niente. La persona arrivava dritta dritta da una mail. Niente l'aveva colpito nella mail, al di là del fatto che lei era riuscita a trovare il suo indirizzo di posta elettronica. O a indovinarlo. Glielo avrebbe chiesto. Rispondere alle mail così, delle candidate sconosciute, era un che di eccentrico che ogni tanto si permetteva, qualcosa di innocuo da poter raccontare alle cene. E se poi scopriva per accidente un talento nuovo, era una botta di autostima calare come un dio nella vita degli altri e rovesciarla per sempre.

Lunghe gambe libere nel passo sciolto dagli impicci di gonne troppo stette. Viaggiava su tacchi non banali. Gonna corta a campana, due profonde pieghe piatte davanti. Non delle sue collezioni. Niente piaggeria.

«Dove si è nascosta fino a oggi lei?» ripeté visto che non era arrivata risposta.

«Insegno.»

«Insegna?»

«Non è così tremendo. A scuola arriva il mondo e si può lavorare e farlo diventare un poco migliore.» Si era animata all'improvviso.

«E che cosa insegna esattamente?» Era divertito, muoveva lo sguardo sul tavolo con i disegni, irresistibile allegro contemplare un futuro di linee, colori, sfilate, successi. Ma era anche inquieto. Doveva capire quanti avevano visto quei lavori.

«Discipline pittoriche in un Liceo delle arti.»

«Ecco! La pittura dove... Lei ha già esposto?»

«No, no. È difficile. Non avrei potuto. In realtà no. Disegno nel tempo libero, in tanti anni. Non libero, come dire, impegnato in un certo modo che mi ha permesso di essere libera di disegnare. Non voglio parlare di me» concluse precipitosamente.

Era ancora in piedi e teneva le mani aggrappate al bordo superiore della cartella. Le arrivava al seno e il viso e le spalle sporgevano da questo quadrato in cui i lillà erano isolati nel bianco, eleganti, solitari. Un incanto. Anche le spalle.

«Sono...»

«Lillà» completò lei veloce.

«Sì sì, lo vedo, ma sono dipinti? Oso chiedere a costo d'essere indiscreto, ma lei dipinge ciascuna delle cartellette che usa?»

«Le costruisco. Taglio il cartone. È carta per acquerelli, la più pesante.»

«Non conosco questo formato.»

«Faccio preparare il formato su misura.» Arrossì e gli occhi verdi si dilatarono un poco, quasi umidi. Che senso poteva avere. Come se si vergognasse.

«I fogli poi li faccio tagliare. Una volta all'anno.»

«Una volta all'anno! Da quanti anni?» Non sapeva controllare le parole, quanti potevano essere i disegni?

«Oh! In realtà ne butto tanti. Io... a me non piacciono mai.»

«Sono perfetti» disse lui. «E anche la cartelletta è perfetta. Ma non si rovina forse con l'uso, portandola qua e là? È così candida.»

«Non le porto le cartellette. Mai. Ci tengo i disegni.»

«Ecco, corretto. Se non espone non le porta, giusto. E quante ne ha?»

«Non so, non saprei. Credo, io credo, un centinaio.»

«Un centinaio di disegni!»

«No. Cartellette, sono cartellette. Un centinaio di cartellette.»

7

Lui non era bello anche se nessuno avrebbe mai detto che era brutto. Né chi lo conosceva di persona o dai giornali, né chi lo incontrava per la prima volta. Ci poteva essere un momento in cui trovare qualcosa di sgradevole nei suoi occhi scuri, scuri come i capelli e la carnagione, una parte inaccessibile nello sguardo che non si lasciava leggere. Era un fondo duro e anche cattivo. Ma si trattava di un momento, perché quando cominciava a parlare lui sorrideva in modo così aperto, curioso, ingenuo si sarebbe detto. E poi questo suo parlato un poco eccessivo. Appena troppo elegante. Retrò. Eppure capace di inclinarsi spontaneo verso il linguaggio di chi aveva davanti. Un adattarsi senza perdersi.

Un'onda di simpatia e la prima prudente impressione si trasformava in un tocco di pena. Come la traccia ruvida di un dolore passato, da amare con tutto il resto, insieme a quel suo ascoltare, assimilare, sentire, senza studio e intenzione, solo per un trapasso di emozioni, quel che l'altro o l'altra sentiva e più era originale il sentire, e nuovo, più era facile per lui accoglierlo come suo e farlo diventare parte di sé. Un'arte affascinante, come tutte le arti. Era orrendo e si illudeva di non saperlo.

8

«Si chiama Bianca de Zudei, viene da Venezia e da oggi è nella nostra *famiglia.*» Pronunciò famiglia con il tono perfetto che sapeva costruire, adatto a un evento che avrebbe segnato la storia dell'azienda. Così doveva essere.

In realtà oltre a Bianca davanti a lui in ufficio c'era solo Costanza appena rientrata dalla pausa. Ma era più che sufficiente. Costanza avrebbe raccontato alle persone giuste, cioè tutte quelle che avrebbe incontrato, esattamente quel che era opportuno raccontare, la cosa più opportuna per ciascuna di loro, e lasciato intendere il resto.

«Il non detto è parte del gioco», lui lo ripeteva spesso.

«Di tutti i giochi» rispondeva Costanza ridendo.

Anche questo era un gioco, fra loro.

«Benvenuta Bianca» disse Costanza e le posò la mano sopra la sua mentre si sedeva sulla poltrona accanto a lei. Quasi si appoggiò al dorso della mano, come per un bisogno di darsi equilibrio. Comunque un gesto di confidenza.

«Dimmi qualcosa di te» continuò con tutta l'attenzione rivolta a Bianca che non aveva parlato. Per Costanza il gioco era essere curiosa. Lei doveva sapere, per poter scegliere cosa dire, cosa far trapelare, cosa tenere un poco nascosto ma non troppo, così che tutti lo pensassero, convinti di averlo pensato da sé.

Costanza era fedele all'azienda fin nei pensieri. Censurati alla fonte quelli men che devoti. Si trattava di un miscuglio di affetto e possesso. Era entrata in azienda già *grande*, cioè vecchia, diceva Costanza che scherzava con le parole di lui. Prima aveva a lungo tentato di scrivere, una mezza dozzina di storie rifiutate da tutti gli editori del regno. Aveva intanto fatto la giornalista di cronaca per un bel numero di quotidiani, poi pezzi di colore, brava abbastanza da dover spesso scrivere articoli che altri firmavano. Poi aveva corretto bozze per un editore e letto manoscritti. Era veloce, capace ma non ci viveva e comunque era stata licenziata quando aveva sostituito un manoscritto in lettura con uno dei suoi. E l'aveva approvato. Ingenuità, vanità, esasperazione. Il fatto non era così grave nell'ambiente.

«Se no i xe mona no i se introna» sentenziava Costanza, l'unica frase in dialetto che conosceva, ogni volta che parlava di scrittori, editori, giornalisti, sciupacarte di ogni sorta. Vanesi, autocentrati e scopiazzoni. Li aveva visti di dritto e di rovescio, diceva. Lei era molto brava e qualcuno l'avrebbe assunta di sicuro dopo la disavventura, ma intanto aveva incontrato lui, che l'aveva sentita raccontare la sua funambolica vita durante una cena al Pedrocchi di Padova. La cena delle Confraternite, sala dei cristalli, quattro bicchieri per ogni posto, non aveva contato le posate e le portate, un manico di cameriere dietro ogni commensale, a opportuna distanza. Tutto un chiacchierare di cortesia, parlottare di niente e di segreti riparati dietro i tovaglioli o dentro le battute d'intesa.

Finché Costanza aveva cominciato a raccontare.

La signora sua vicina di tavola le aveva chiesto: «E lei di che cosa si occupa?»

Costanza non poteva dirlo, perché in realtà non faceva proprio niente in quel momento e questo era in sé riprovevole, anche se era esattamente quel che facevano molte fra le signore sedute ai tavoli di quella cena, ma il loro far niente si chiamava «occuparsi della casa», il che era tutto tranne che vero perché se ne occupava la servitù, a quel livello si chiamava servitù, singolare collettivo, e di sicuro si occupava più lei dei suoi cinquanta metri quadrati di quanto quelle donne, sedute accanto ai mariti e agli amanti, lo facessero delle loro dimore, a quel livello si potevano chiamare dimore. Ma il suo niente era proprio niente, disoccupata, senza lavoro.

E questo sì che non si può dire.

Per cui Costanza aveva raccontato invece i suoi ultimi vent'anni. Le redazioni dei cinque giornali a cui aveva collaborato, a correggere coccodrilli sbagliati del caporedattore, inventare una notizia neutra neutra come l'acqua per riempire un buchino arrivato anche quello all'ultimo minuto sotto la forma di un pezzo saltato per un altissimo veto vero o immaginato, le bozze corrette o riscritte cercando di non offendere lo scrittore impallinato delle sue scorribande sintattiche che chiamava stile. Irruenta, ironica, rabbiosa. Costanza raccontava perché ormai aveva cominciato e fermarsi voleva dire scoprire l'effetto delle sue parole e non voleva perché cielo aveva paura e quasi non si sentiva, parlava suo malgrado, e poi era straniera lì dentro, arrivata per un invito passato di mano in mano.

E la vicina della signora che interrompe il suo brusiare, e poi anche suo marito e il commercialista di fronte, e poi l'onda di silenzio aveva raggiunto tutti e risate educate e ascolto e poi risate e ancora risate fino a che quel composto consesso si era via via scomposto e così fino alla fine, quando lei l'aveva pronunciata, con una grazia arrivata per caso, la frase: «In questo momento sono diversamente occupata, ecco».

Un applauso. Era stata una performance in verità, e anche i manici di camerieri allineati alle pareti avevano riso asciugando ineleganti lacrime con i tovaglioli immacolati ripiegati sul braccio e avevano applaudito e riso tutti fino a far tremare la cascata di gocce di cristallo dei lampadari. L'aveva assunta lui, spuntandola sugli altri. Era stata una gara, sembrava ovvio non lasciare una di loro disoccupata, perché ridere insieme fa diventare più intimi che fra amanti.

E si era guadagnato la sua fedeltà eterna. A dieci anni da quella sera la vita dell'azienda era diventata la sua vita. Forse Costanza faceva qualcosa al di fuori del lavoro, ma non se ne sapeva niente. La mattina, mentre l'ufficio si riempiva di presenze, lei era là, un fascio di giornali davanti, girava le pagine a un ritmo assurdamente regolare, quasi leggesse in una specie di simultanea, salutava senza alzare lo sguardo, allungava l'articolo già preparato per chi le passava davanti. Se si fermava su una notizia stringendo le labbra, era certo qualcosa che avrebbe potuto portar disturbo all'azienda. Le notizie buone o semplicemente interessanti le ritagliava usando un righello di metallo dal bordo ben affilato. Quelle cattive le strappava con un assurdo utilizzo delle unghie di pollice e indice di entrambe le mani. Un procedere a piccoli strappi minutissimi, sembrava quasi un fare a pezzetti la carta. Invece la ritagliava e il risultato era una sfrangiatura puntuta, come se un cucciolo di squalo l'avesse addentata con metodo, utilizzando solo due dentini.

Di sera controllava la rassegna stampa arrivata durante il giorno, giornali di provincia, riviste che non comprava, e scriveva i comunicati stampa dell'ufficio quando era il caso. Pochi, perfetti nel loro dire per sottrazione. Tutto il resto del tempo lo passava al telefono con l'universo mondo. Costanza in verità non chiamava quasi mai. Era il mondo a chiamarla e lei con un'occhiata al display del telefono decideva di volta in volta se rispondere subito, o lasciar squillare un po' prima di farlo. Spesso non rispondeva affatto.

9

«Non ce la presenta?» chiese Claire a Costanza la mattina dopo quel primo incontro. Aveva ancora giacca, borsa e cappello. Tutto di un bel rosso carminio che spaccava con i suoi capelli neri a caschetto. Spaccava era esattamente la parola che lui aveva usato quando l'aveva assunta. Claire indossava sempre qualcosa di rosso. Quella volta del colloquio di lavoro portava un cappello rosso a tesa immensa, il più sfacciato della sua rassegna.

«Qui dentro sei intonata solo con la mia poltrona ma quel rosso spacca e dice che hai carattere da scialare.»

Un attimo per capire che con lei quel linguaggio andava bene.

L'aveva assunta a patto che da quel momento in poi vestisse solo le sue collezioni. Una specie di pubblicità aziendale permanente. Lei lo faceva in ufficio, dove la sua eleganza un po' prepotente sembrava autorizzata. In realtà tutti erano moderatamente eccessivi là dentro, lei un po' di più.

«È timida» rispose Costanza con un minimo grado di ironia nella voce. Non serviva dire di chi si parlasse.

Sulla scrivania la pila di giornali era già dimezzata. Nessun articolo messo da parte.

«Le passerà in fretta» rispose Claire divertita. «Qui non c'è una scrivania per i timidi.»

«Non la assume.»

«No? Ma è rimasta in ufficio per ore.»

«Lei lavora.»

«Lavora? Qui tutti abbiamo contratti esclusivi. Come si fa a lavorare da un'altra parte? E la nostra segretissima segretezza, come dice lui?»

«Insegna.»

«Oddio. Insegna. E cosa?» Claire era sempre più divertita e per una volta l'aria di quella che niente ma proprio niente la tocca le era scappata via.

«Insegna pittura in un Liceo delle arti. Disegna per diletto. Così ha detto. Per diletto.» L'ironia c'era nella voce di Costanza. Ma lei i disegni li aveva visti e una miniera d'oro è una cosa serissima.

10

«Ci sarà già andata a letto? Ormai è qualche settimana.» A parlare era stato Valentino ma l'aria spavalda che avrebbe voluto dare alla domanda gli era venuta da pena. Il ticchettio irregolare dell'indice di Costanza sulla tastiera spenta del computer fu il segno della sua riprovazione per quell'uscita così inopportuna.

L'ufficio era immerso nella penombra giallastra di un black out estivo. Si erano sentiti tuoni lontani e poi l'abbaglio di un fulmine vicino aveva attraversato l'aria. E si era spento tutto. I gruppi di continuità avevano di sicuro salvato gli apparecchi dal danno, ma tutti erano rimasti immobili per la sorpresa, bloccati con le dita sospese sulle tastiere o in piedi a guardare l'effetto di una immagine di prova sulla stampa appena fatta.

«Tutte qui siamo state a letto con lui» disse Claire. A lei la voce spavalda veniva meglio.

«Non è vero. Io no» disse Giulia dalla parte opposta dell'ufficio. Parlò piano, quasi a sé stessa, ma quell'open space senza la luce del giorno moltiplicata dalle luci dei monitor e delle lampade e senza il ronzio lineare dei computer era così silenzioso che veniva da stare attenti ai pensieri troppo espliciti. Sia mai che facessero un qualche suono riconoscibile. Giulia era arrivata da poco nello studio. Era avvocato e curava i contratti però era artista anche lei, per passione. Si era presentata a lui con un fascio di bozzetti, una linea di accessori che le pareva già tutta pronta e realizzabile nell'illusione del suo sognare solitario. A lui non era piaciuto niente, o meglio, niente gli era piaciuto abbastanza, però Giulia gli era sembrata determinata e precisa e l'aveva assunta per i contratti.

«Certo, tu sei la copertura perbene.» Claire era scatenata. Qualcosa le aveva fatto saltare il controllo e non saper cosa fosse la rendeva più stizzosa del solito.

«Copertura?» Giulia si allungò per vedere Claire in fondo alla stanza. Sforzo inutile, troppo buio ormai.

«Quanto chiacchiera quella ragazza» disse Costanza con voce forte e chiara rivolta all'aria davanti a sé. Era un avvertimento ma Claire non ne fece nulla.

«Io almeno mi sono divertita e sapevo quel che facevo» disse infatti orientando la voce nella direzione di Giulia.

«Ma se quando lui è sparito ti abbiamo raccolta col cucchiaino.» A parlare era stato ancora Valentino.

«Col cucchiaino! Questo vocabolario splatter lo portava a casa tua moglie dai suoi *clienti*?» chiese Claire.

Tutti sapevano. La moglie di Valentino era stata una loro collega. Era stata arrestata per droga l'anno prima. La portava dai viaggi di lavoro. Viaggi aziendali. Un momentaccio la notizia sui giornali. L'aveva trovata Costanza sul primo, il secondo, il terzo, su tutti i giornali di quella mattina e aveva ritagliato ogni articolo con un vorticar di unghie da sentire il *clic clac* fino in fondo all'ufficio e poi aveva portato tutto a lui. Aveva attraversato a passo di piviere l'open space, e gli articoli che teneva a mazzetto nelle due mani si allargavano e si raccoglievano a ogni ondeggiar di braccia, con un effetto di danza pazza.

«Uno fa sfiga, due fa marcio» aveva detto lui nella riunione convocata immediatamente. Quando era arrabbiato del suo buon parlare restavano macerie. «Questo non è uno studio di stilisti strafottoni. Noi abbiamo vinto l'Ethic Award per tre anni di fila...»

«È poco più di un premio parrocchiale dato dalla San Vincenzo della città» aveva riso Claire.

«Perché non facciamo abiti che sono istigazioni alla prostituzione e non finiamo sui giornali con le nostre modelle anoressiche o strafatte. Potete andare a letto con chi volete ma...»

«E vorrei ben vedere» di nuovo Claire lo aveva interrotto aggiustando il caschetto impeccabile. Era nel pieno della storia con lui e sapeva di che cosa parlava.

«Ma non farvi di coca e meno ancora trafficarla cazzo» aveva proseguito lui passando sopra l'interruzione.

«Non dire le parolacce» aveva ironizzato Claire scavallando le gambe senza aggiustarsi il tubino carminio che portava quel giorno. Lui parlava bene. Manierato con misura, la voce bassa senza il sospetto che fosse una posa, «da analista», gli aveva detto una donna da giovane. Aveva riso. «Analista mai» aveva risposto. «Mi toglierebbe il gusto di essere cattivo.» Scherzava. Era elegante e un poco antico, gli aveva detto un'altra volta. Questo quando non era arrabbiato.

La rabbia gli risvegliava il gene bifronte del nonno, raffinato stampatore di carte e libri che nessuno comprava e insieme greve e perfino volgare nei rapporti sociali. «Imbarazzante» lo definiva suo padre, che ne parlava poco e malvolentieri.

«E comunque dove sta, dico, dove sta Valentino, perché non è qui stamattina quel molliccio ingrato che non sa cosa succede in casa sua?» aveva chiesto lui rivolto a Costanza come se fosse la custode del gregge.

«In commissariato?» Claire era rimasta incerta fra l'ironico e l'affranto.

«In commissariato» aveva confermato Costanza con voce impermeabile. «L'ho chiamato. Prende ferie per qualche giorno.»

«Bene» aveva detto lui di botto calmissimo. Guardava con metodo la piccola assemblea raccolta davanti alla sua scrivania. Faceva così. Sapeva ricomporsi con un solo sospiro. Tornava normale, pacato, cortese, un altro. «Cambio di canale» diceva Costanza. Personalità multipla aveva pensato Claire quando lo aveva visto trasformarsi la prima volta dopo una notte passata insieme. Prima tutto sesso e promesse. Poi aveva parlato di lavoro fino all'alba. Lei si era addormentata. Ma era rimasta.

«Bene» aveva continuato lui. «Da oggi i viaggi li farà Valentino. Per un bel po'. Hanno cinque figlie, non può permettersi di andare in galera anche lui. Non riesco a star fermo nel letto, dice. Ecco il bel risultato. Alle donne piace il sesso, non gliel'ha mai detto nessuno? I figli sono per il gossip ai giardinetti e ne basta uno. E casomai la sua coniglietta lo coinvolgesse in questa imbarazzante faccenda, fuori per sempre.»

«Coniglietta.» Claire sottolineava tutte le cadute di stile.

«Prolifica signora, prolifica bella irresponsabile signora.»

Era chiaro che l'incontro era finito. Erano scivolate tutte fuori attraverso la porta a vetri. Era rimasta Costanza, come per un'intesa che non aveva bisogno di parole.

«Comunque lui non sparisce proprio. Semmai spariscono loro» disse Marinella nell'oscurità del black out che non si risolveva e tranciando di netto i ricordi di tutti. Aveva una bella voce di contralto. Cantava un repertorio barocco in un piccolo ensemble dal nome tremendo, *Anime vaganti*. Scritto sugli inviti e sui programmi, il nome appariva circondato da cerchi di misure diverse che volevano dire leggerezza ma in realtà suggerivano involontariamente la pubblicità di un bagnoschiuma. Un dolore vederlo.

Nello studio l'aveva portata lui il giorno successivo a un concerto alla chiesa di San Pietro. Dopo una sequenza di pezzi lamentosi di Bach e Scarlatti lui aveva pensato di alzarsi e piantar lì la signora con cui si accompagnava quella sera ma era entrata in scena lei e allora aveva ascoltato con gli occhi incollati al suo vestito nero l'ancora più lamentoso *Qual per ignoto calle* di Vivaldi. Lei aveva visto, era abituata. La cantante è esposta, c'è chi ai concerti ascolta e chi guarda e basta. La signora che era con lui ascoltava. Lui guardava.

Dopo il concerto si era avvicinato. La signora era sparita.

«Chi ha disegnato questo vestito?» le aveva chiesto.

«Io.»

Il giorno dopo era assunta. La loro storia non era cominciata subito, lui aveva avuto bisogno di tempo per liberare la sua vita dalla signora del concerto. Poi erano stati insieme un poco e si erano lasciati senza dolore né rancore. Lui passava parte delle notti ad ammirare la collezione di miniabiti sotto vetro. Misteriosamente perfetti, senza un soffio di polvere, come cuciti la mattina prima. Ci ridevano insieme. Marinella si occupava di selezionare i nuovi clienti a cui proporre le loro creazioni. In tre anni ne aveva trovati due ed era un ottimo risultato. Ogni tanto disegnava un vestito. Lui ne aveva scelto uno per la collezione di quell'anno.

«Cosa vuoi dire? Spariscono come?» chiese Claire dal fondo dell'ufficio. Recitava e si vedeva che lo faceva.

«Voglio dire che quando le storie con lui finiscono a sparire sono loro.»

«Cioè?» A parlare era stata Giulia stavolta. La si sentiva ticchettare sul tablet che usava non silenziato. «Per farmi compagnia» rispondeva quando le chiedevano perché tollerasse quella noia.

«Voglio dire che più d'una c'è rimasta.»

Nel buio la voce di Marinella era ancora più bella. Un poco spaventata per quel che aveva detto, qualcosa che si poteva dire o forse no. Ma ormai.

«Rimasta?»

«Rimasta, sì. Andata. Morta.»

«Era malata già da prima» disse Costanza scandendo le parole come se parlasse a bambini di dura cervice o per dirottare i pensieri su un altro sentiero. Lo disse cantilenando come fosse una litania da mandare a memoria.

«Chi?» Giulia non mollava. «Chi era malata?»

Nessuno rispondeva.

«Luneta. La modella» rispose alla fine Valentino che si sentiva responsabile di aver cominciato.

«Si è suicidata allora? Dicevano tante cose qui in città. Alla fine sembrava un incidente di montagna. Ma lo ha fatto per lui?» chiese Giulia ostinata.

«Era malata. Fuori come un balcone» ripeté Costanza. «Si faceva di tutto. Mica l'avevamo assunta, comunque. Era una relazione esterna» concluse, senza sentire il lato comico dell'espressione.

«Tutto?»

«Qualcuno le insegni qualcosa, non può mica vivere così» disse Claire nervosa.

«Io vivo benissimo» rispose Giulia a voce alta. «Eccome se vivo. Leggo, scrivo, viaggio e faccio l'amore. Ma non con lui. Dico, c'è un mondo là fuori. Nessuno se ne accorge qui?»

«E accomodati» disse Claire sarcastica. Costanza non parlò. Si sentiva che sfogliava le carte che aveva davanti.

Il buio era sceso e nessuno si muoveva. Al di là del vetro lui doveva essere da qualche parte, forse sprofondato nella poltrona. O forse era uscito ma non lo avevano sentito. Dallo studio poteva ascoltare se la porta era aperta. Ma era chiusa.

«E poi ce ne sono altre?» chiese Giulia.

«Almeno due» rispose Valentino. Ormai.

«Morte per lui? Due altre morte per lui?» Giulia aspettava implacabile le risposte con gli occhi dilatati nel buio.

«Esagerazioni» intervenne Costanza. «Una si è licenziata e poi è sparita. Sparita dal giro, dalla città, non si sa dove sia, ma non è morta no. Lo si sarebbe saputo. Solo non si sa dove sta. Era eccentrica di suo. Ogni due per tre diceva di voler andare in India con il Sai Baba.»

«Dio! Il Sai Baba è del secolo scorso. Ma quando sei nata tu?» disse Claire.

«E allora erano le suore di Madre Teresa. India insomma. Era eccentrica. Per me può essere davvero in India.»

Costanza si sentiva in dovere di arginare tutta quella seccante verità che usciva protetta dal buio. Tutti più o meno sapevano. Ma parlarne.

«Un'altra è depressa» continuò. «Ma si sta curando. Non sono morte, no.»

«Si sta curando con discrezione e per sempre in una clinica per dementi dopo avere ingoiato la farmacia di suo padre che è psichiatra. Non è un bel paradosso?» disse Claire.

Nessuno rispose.

«Io però mi sono divertita» concluse in modo inconsulto.

11

«Piove e non posso venire.»

Bianca era al telefono. Qualche giorno dopo quel loro primo incontro, agli inizi di giugno. Doveva andare allo studio con altri disegni. Lui non le aveva dato fretta. Non si fa quando si tiene a una cosa da cui dipende un bel pezzo di lavoro e forse la vita professionale futura. Mai precipitare. Sarebbe tornata. E infatti l'aveva cercato lei.

Lui le aveva lasciato il suo numero di telefono e le aveva chiesto il suo e l'indirizzo ma aveva ottenuto solo il nome della scuola in cui lavorava. Questo Bianca gli aveva dato e lui non aveva insistito. Poi lei aveva annunciato il suo arrivo nel pomeriggio ma aveva telefonato in ufficio a Costanza. E adesso ritelefonava per annunciare che non sarebbe venuta.

«Piove e allora?» era sorpreso.

«Si bagnano le cartellette e i disegni.»

«Potrebbe forse prendere un taxi?»

«Si bagnano lo stesso.»

«Ma è curioso rinunciare così a uscire quando piove.» Era prudente. Lui odiava la pioggia ma questo non gli impediva di fare quel che voleva anche quando diluviava.

«No, solo se devo portare con me i disegni.»

«Potrei procurarle cartelle adatte alla pioggia. Ne sarei onorato. È una limitazione importante non poter uscire con la pioggia.» La prendeva un po' in giro.

«Solo quando porto i disegni» ripeté ansiosa di giustificarsi. «La pioggia mi piace, passeggio sotto la pioggia, senza ombrello. Mi piace la pioggia.»

«Allora oggi preferisce non venire» disse lui.

«Sì.»

«Potrei forse venire io?» chiese come per caso. «Mi farebbe piacere, non è un disturbo. Mi farebbe piacere vedere altri disegni.» Lo disse con calma, cosa possibile ma non necessaria.

«No no. Voglio dire, meglio di no.» La risposta precipitosa lo mise in allarme. Stava cambiando idea? In fondo non gli aveva lasciato nulla. Nemmeno una tavola. Niente.

«Allora un altro giorno?» disse lui.

«Sì.»

«Se non piove viene domani?»

«Se non piove, domani» rispose lei sollevata.

«Comunque le piante possono esserci negli uffici. Basse per non interferire con il colpo d'occhio dello studio, basse con fiori piccoli piccoli» continuò lui che non voleva chiudere su un conflitto. Mai nei primi incontri.

«Oh! Come un'*Exacum*» disse lei. «Un'*Exacum* bianca. Sta bene sui tavoli neri.»

Si sentiva che sorrideva.

12

Il giorno dopo lei andò. E anche i giorni successivi. Era metà giugno, non aveva esami quell'anno, spiegò, e aveva un po' di tempo. Non restava molto. Solo la mattina. Il pomeriggio mai. Arrivò con una cartelletta al giorno, lui ne contò dodici.

Una volta lui fece telefonare a Costanza che aveva un impegno e che non poteva riceverla. Doveva fare in modo che il loro appuntamento le mancasse. Come la prese Bianca non ebbe modo di saperlo, ma lui passò una mattina orribile. Non conosceva il pentimento e si infastidì con se stesso per il suo fastidio. Pensò di negarsi anche il giorno dopo, ma lei portava sempre a casa i suoi disegni e lui continuava a non aver nulla in mano. In più qualcosa gli sfuggiva. Lo aveva cercato lei, eppure per Bianca il destino dei disegni non era in cima ai suoi pensieri. E verso mezzogiorno aveva la mente altrove. Qualcosa di più importante la portava via. Poteva perderla. Non poteva perderla. Il giorno dopo Bianca arrivò e lui era al suo posto. Lei appoggiò la cartelletta sulla scrivania. Lui respirò di sollievo.

13

Fu Claire a decidere che si doveva sapere tutto di Bianca. Una mattina, dopo un po' di quel rosario di visite, entrò in ufficio con il passo gagliardo delle rivelazioni.

«Ha quasi trent'anni, è della città ma è vissuta parecchio a Venezia ed è tornata da qualche anno. Insegna al Liceo delle Arti ma questo lo sapevamo. Abita vicino a Santa Caterina in una casa di fine Ottocento, ristrutturata da poco, *sua* pare, con un giardino che sembra il paradiso terrestre, così mi dice il farmacista che ce l'ha quasi di fronte. Pieno di fiori, cespugli, alberi e rampicanti, così dice. La casa è quasi invisibile. Lui non la vede uscire la mattina perché la farmacia apre alle nove, però la vede rientrare. Qualche volta a piedi. Più spesso rientra con l'auto, direttamente in garage, dice. Riceve spesso una donna con un bambino. Qualche volta il bambino rimane da lei e la donna viene a riprenderselo in auto la sera. Forse una parente, dice. Non va mai in farmacia da lui, forse non si ammala, dice. La si vede camminare per il quartiere, non si sa dove fa la spesa. Qualche volta è insieme al bambino. Ultimamente l'ha vista parlare davanti al cancello con un uomo. Sembra un professionista, dice. Ha una borsa da cui prende dei fogli, prende appunti. Forse ha messo in vendita la casa, ma non ci sono cartelli. D'inverno va in montagna. Monta il portasci a novembre e lo smonta a marzo. Forse va di domenica. Non l'ha mai vista partire o tornare. Durante le vacanze di Natale non c'è. E nemmeno a Pasqua. Ma un'auto va e viene dal garage per tutto il tempo in cui lei è via. Qualcuno apre le finestre la mattina e le chiude la sera, forse una donna delle pulizie. D'estate la si vede di più. Porta vestiti verdi e blu e bianchi e questo non ci era sfuggito, giusto? Niente nero, mai. Tacchi alti e tracolla. Non l'ha mai vista con le cartellette dei disegni, tranne in questo ultimo periodo, ha detto. La scuola è dall'altra parte della città. Entra, fa lezione, e se ne va. Me l'ha detto il preside che è un caro amico mio e ce l'ha con lei per qualcosa ma non sono riuscita a estorcergli cosa. Niente amicizie, me lo ha detto il preside. È apprezzata, cordiale, ma *niente* amicizie. Fa una mostra all'anno nello spazio espositivo della scuola. Con i disegni dei suoi studenti. Acquerelli, acrilico, colori a olio, gessetto. Niente di suo. Non ha multe di nessun tipo. Me lo ha detto il vicesindaco, che è un caro amico che lo ha chiesto al capo dei vigili. E non è sposata. Zitellona che svapora la sua vita sulle tavole da disegno» concluse.

L'avevano ascoltata tutti, immobilizzati nel gesto di accendere il computer o di appoggiare la borsa, per non perdersi una parola di quel bel pettegolezzo di prima mattina. Costanza solo aveva continuato un *clic clac* nervoso su una mezza pagina del *Corriere*.

«Zitellona sembra invidia. E di fronte alla farmacia non ci sono case» disse Valentino.

«Appena più in là. Il farmacista ha l'occhio lungo per le belle donne. Perché no zitellona?» chiese Claire pronta all'attacco.

«Perché non ha niente del cliché» intervenne Costanza scandendo le parole con fare didattico. «Si veste bene, parla poco e non fa chiacchiere, non cerca e non disprezza. Gli uomini intendo. È tranquilla. Le piace stare sulle sue, tutto qua. Anche se qualcuno qui dentro non sa neanche immaginarla, un mare di gente ha una vita normale.» La sua risposta voleva essere conclusiva.

Non funzionò, con Bianca non funzionava il suo potere di inibire i discorsi inopportuni.

«Ma *lui* non può lasciarglielo fare» disse Claire spostandosi davanti a Valentino mentre faceva ondeggiare la borsa rossa intonata con la punta delle scarpe nere dal tacco affilato. «Ci vuoi infilzare un porcellino?» le aveva detto Valentino una volta. «Tacchi da difesa» aveva risposto Claire. «Ci infilzo altre cose.»

«Che cosa lui non può lasciar fare alla bella Bianca dai capelli di seta?» chiese Valentino senza abbassare lo sguardo.

«Stare sulle sue.»

Claire fece una pausa, tanto nessuno parlava.

Ferma anche Costanza.

«Non sai come e ti trovi a guardare il mondo che si dimena infelice a vuoto dall'alto del tuo amore eterno e niente ma proprio niente ti può toccare. Poi non sai come e ti trovi a dimenarti infelice come il resto del mondo.»

Nessuno parlò.

«Le do ancora un mese» concluse.

14

Anche lui scoprì dove abitava. Gli era bastata una telefonata.

Comunque suonò un pomeriggio al cancello. Era luglio appena iniziato, c'era un sole dalla luce chiara che faceva lacrimare, lei non veniva da due giorni, e lui non aveva ancora un contratto sui disegni.

Il giardino era quel che si dice un incanto. A destra l'azzurro trasparente di un grande *Rhododendron augustinii* lasciato crescere senza ordine riempiva tutto un angolo. I rami uscivano dalla recinzione e sfioravano i passanti che non potevano fare a meno di guardare dentro. E dentro c'era una vecchia fontana circolare in pietra liscia contornata da cespugli di carice dai fiori bianchi, alternati a piante sottili di capelvenere. Le foglie verdi trasparenti ondeggiavano con oscillazioni casuali che si riflettevano sulla superficie dell'acqua libera dalle foglie della *Nymphaea alba*. Un piccolo spruzzo di quasi vapore si diffondeva dal centro della fontana in un velo circolare che brillava alla luce del sole. La facciata della casa aveva una parete di finestre alte e strette, protette da tende bianche.

«Un paradiso» pensò lui fermo davanti al cancello.

Un paradiso che in realtà non era facile da vedere stando fuori. Bisognava essere alti come lui e trovarsi esattamente dove si trovava lui. Perché sia a destra che a sinistra una siepe fitta si appoggiava alla ringhiera, e impediva la vista. Erano arbusti misti, ligustro, gelsomino, lauroceraso, folti, ben curati. L'angolo sinistro era occupato da uno splendido *Cornus alba* che all'epoca della fioritura doveva essere una nuvola di luce.

Suonò.

Non sentì il campanello ma il cancello si aprì quasi subito. Il breve sentiero di accesso era coperto di una ghiaia bianca regolare che gli ricordò Pollicino. E anche la vite canadese sulle pareti della casa gli ricordò chissà perché Pollicino. Arrivava fino al tetto, solo le finestre libere, e il balconcino a sbalzo sull'ingresso.

«Bianca, sono venuto a vedere come sta. Mi fa preoccupare.»

Sorrise a una certa distanza da lei, senza darle la mano. Se era sorpresa lei non lo mostrò. Aveva aperto un'anta del portoncino di legno bianco ed era apparsa incorniciata da un sorprendente controluce. Alle sue spalle in fondo stava un'altra porta, questa volta a vetro, dalla quale entrava il sole chiaro che si confondeva con la sua figura. Portava un camicione a fiorellini, i suoi rami di lillà, lui li riconobbe subito, incrociato davanti. Era legato con un fiocco a sinistra, appena sopra il seno, che ne nascondeva la curva. Fra le mani stringeva un telo viola.

«Sto lavorando» disse senza invitarlo a entrare.

«Ma sta bene?»

«Sì.»

«Allora sono tranquillo» disse lui.

«Non sono venuta però avevo avvertito Costanza.»

«Sì, ma ero preoccupato lo stesso.»

Sorrise di nuovo.

«La nostra è una famiglia. Lei è già una di noi. E quando qualcuno della famiglia non lo si vede da un po', si sente la sua mancanza.»

«Grazie» disse lei.

«Bene, allora ci vediamo.»

«Sì.»

«Quando vuole.»

Lui sorrise di nuovo. Non vedeva l'espressione del viso di lei, così in controluce. Solo i capelli come una buffa aureola disordinata, troppo sottili per stare raccolti.

Bianca lo vedeva bene invece. Alto nel verde del giardino.

Lui fece per andarsene e Bianca infine lo disse: «Può entrare. Mi fa piacere».

Solo un passo e lui fu dentro.

15

C'era un odore di colori, naturalmente. Denso, a olio, a tempera, odore polveroso di gessetto, odore dolce di colore a cera. L'aroma morbido dell'olio di lino. E c'era sullo sfondo un odore di erbe miste, quello che si sente quando si entra in una erboristeria, e non si sa che cosa prevalga. Ma solo sullo sfondo.

Sopra, sopra tutto questo c'era un odore di lavanda. Bianca doveva usare l'olio essenziale di lavanda mescolato all'olio di lino nei suoi lavori.

Quando sente uno qualsiasi di questi odori, ancora gli cigola l'anima.

16

Era una stanza luminosa. Si apriva a destra dell'ingresso e prendeva su quel lato della casa tutto il piano terra. Davanti si affacciavano sul giardino le finestre alte fino al soffitto. Il telaio chiaro ritagliava il vetro in tanti quadrati.

Insieme al profumo gli arrivò forte l'impressione di una stanza immensa. Non poteva essere così, le misure della casa erano chiare. Edificio su pianta quasi quadrata, appena allungata verso il retro, ingresso con scala centrale, stanze di servizio a sinistra, cioè cucina e tinello, stanze di rappresentanza a destra. Due di solito. Questa era una, il muro divisorio era stato abbattuto e al suo posto c'era un arco schiacciato, che movimentava appena il soffitto. Due poltrone, una lilla e una gialla. Un colpo di colore che non si lasciava ignorare.

Poi capì.

Le vetrate della parete in fondo erano dilatate da un sorprendente trompe l'oeil che si collegava in modo naturale con la prospettiva del giardino esterno. L'affresco riproduceva a destra un tralcio di edera, con le foglie verdi, larghe, perfette o gualcite, foglie nuove o già passate. I tralci giovani verde chiaro, un po' di disordine in alto, dove i rami non potati scendevano dal muretto dipinto, identico a quello del giardino esterno.

«Splendido. L'ha fatto lei? O restaurato forse? Sembra antico.»

«No, una persona. Lo ha antichizzato all'origine» sorrideva.

«Un artista, con ogni evidenza.» Aveva preso il suo tono aulico dei complimenti.

«Sì.»

«E l'acqua?»

Bianca rise. Lui si riferiva alla parete di sinistra, dove un altro muretto, questa volta quasi vero, un bassorilievo, coperto di piccole felci e muschi lucidi di umidità, stillava acqua che si raccoglieva in una vasca rettangolare appoggiata al pavimento. Il risultato suggeriva un muro esterno ma era tutto dentro la stanza, con un effetto di prospettiva inatteso.

«Amava l'acqua» disse semplicemente.

La parete in fondo era un'unica vetrata che dava su un piccolo giardino occupato al centro da un bel giuggiolo dai rami scazonti potati ad alberello un poco irregolare. Ai piedi un prato con l'erba di un verde chiaro.

«Splendido» disse lui guardando il nero del tronco e dei rami in controluce. «Sembra un nishiki-e vivente.»

«L'ho trovato già qui» rispose Bianca. «Ho solo potato i rami.»

«Magistralmente» rispose lui. Quel richiamo all'antica tecnica xilografica giapponese portò un tocco di solennità al linguaggio del complimento. «E l'idea di far scendere sotto la linea della potatura tre rami sottili sulla destra rende l'immagine una squisita opera d'arte.»

«Qui dipingo» non rispose Bianca.

Stava in piedi in mezzo alla stanza e parlando aveva allargato le braccia. Un gesto infantile, metà era resa a qualcosa che capitava ma era gradito e metà era accoglienza verso questo nuovo arrivo inatteso.

«Vedo» disse lui.

C'erano piante, libri e colori dappertutto.

«Anche questa stanza è un'autentica opera d'arte» disse lui. «E lei è tutta una sorpresa.»

La parete di fronte alla porta era arredata da una libreria a grandi moduli quadrati. In modo alternato ogni quadrato ospitava libri o piante. Dall'alto le piante ricadenti scendevano con rami sottili su volumi che riproducevano erbari antichi, su libri d'arte e raccolte di tavole. Natura viva e natura dipinta. Lui conosceva solo una parte di quei volumi, eppure era un buon collezionista. Ma c'era altro di sorprendente. Due moduli erano vuoti e incorniciavano due dipinti. Una veduta della laguna di Venezia, dall'Isola degli Armeni. Acqua scura, una fila di minuscole sagome allineate in scala digradante, famigliola di folaghe con sciame ordinato di piccoli, poi l'orizzonte. E il blu della notte sopra. Una pennellata di luce sottile, afferrata prima del buio. L'altro dipinto rappresentava degli iceberg dalle curve morbide come colline. Erano azzurri, la neve quasi trasparente, un azzurro impossibile.

«Sono ai piedi del ghiacciaio Upsala, in Argentina.

Hanno proprio quel colore» disse Bianca anticipando la domanda. «Sono pieni d'aria e catturano la luce così.»

«Ci è stata?»

«Non io.»

«Sembrerebbe.»

«Chi ci è stato sapeva raccontare.»

Dalla parte del giardino davanti c'era un tavolo da lavoro, vicino alla finestra. Era grande, sopra si trovavano tre portapennelli con pennelli di tante misure, soprattutto fini e ultrafini, e poi c'erano scatole di colori a cera, tre serie diverse, tutte le sfumature, colori nuovi o quasi, li doveva cambiare continuamente.

«Non so lavorare con i mozziconi di colore» disse Bianca seguendo lo sguardo di lui. «Quando sono alla fine sono malinconici, mi scappano dalle dita. Scappa la luce.»

«Però li tiene!» disse lui.

Si era avvicinato al tavolo. Accanto ai pennelli c'era un vaso panciuto di vetro spesso e un poco sfaccettato. Dentro decine e decine di minuscole matitine. Temperate fino al possibile, fino a lasciare un centimetro di smalto colorato del legno, e la punta sottile.

«Queste sono matite» rispose Bianca.

«Sono belle, molto belle. Un'inconsueta idea d'arredo» disse lui.

«Sono mie. La memoria del piacere e della fatica, così diceva mio padre.» Bianca sollevò il vaso e lo guardò in controluce scuotendo le matitine.

«Tutta una vita di piacere e fatica. Lui le adorava.»

«Fatica dai risultati incantevoli. E adesso è il tempo di condividere questo tesoro. Di raccogliere.» La piega aulica lo possedeva ma erano parole adatte all'antico di quella situazione.

«Da dove mai viene lei?» chiese continuando un pensiero.

«Venezia.»

«Non è questo, è che lei è unica. Non sa fare niente meno che benissimo.»

Bianca non rispose. Sopra un tavolinetto bianco laccato c'era un lungo vaso di vetro con un mazzo sontuoso di tulipani dal colore bizzarro, tra il rosa e l'arancione, i petali sfumati di giallo, le foglie come lance verso l'alto, solo una ripiegata verso il basso.

«Li sta dipingendo?» chiese lui.

«No. Sono un regalo» disse Bianca. «Non mi piacciono i fiori recisi.» Lo disse quasi scusandosi perché così parlava male di un regalo. «Sento il colpo della forbice e il lento morire. In questo caso l'acqua è un inganno, solo un ritardare la fine.»

«Sono un regalo di chi non ha la fortuna di conoscerla, evidentemente. A lei piacciono fiori più discreti, giusto, lo sappiamo.»

«I tulipani sono impegnativi» disse Bianca. «Ma li disegno, sì.»

Si girò verso la libreria di fronte alla porta.

In basso, addossati ai primi scaffali c'erano i suoi portadisegni. Lui li aveva ben visti appena entrato. Quelle cartellette erano almeno una decina. Portadisegni grandi, quadrati soprattutto. Alcuni più piccoli, lunghi e stretti, color pastello, con i disegni che ormai sapeva riconoscere, fatti a mano, uno a uno. Era chiaro che erano fatti su misura da Bianca. Le forme erano inusuali e lui si era già chiesto che cosa mai contenessero. Fregi orizzontali? Motivi verticali che richiedevano la lunghezza? Qualcosa però gli diceva che lei li avrebbe anche appoggiati in verticale, per rispettare il motivo del disegno. Era un modo per assecondarne la bellezza. Una ricerca di armonia. I motivi verticali stavano in verticale, quelli orizzontali stavano in orizzontale. Dovevano essere bordi, bordi di carte, di vestiti, di tende, motivi ornamentali orizzontali, tutte quelle cartellette appoggiate alla libreria per il lato lungo.

E infatti Bianca superò la libreria e cercò un portadisegni lungo e stretto appoggiato al muro vicino all'angolo della stanza. Lo portò sul tavolo da lavoro di fronte alla finestra.

Quando Bianca sciolse i piccoli fiocchi gialli che lo chiudevano sui tre lati lui si era già spostato dietro di lei.

«Ma è un dipinto!» disse con sorpresa. Ammirazione vera che lo fece spostare al suo fianco per potersi avvicinare e vedere bene. Erano tulipani gialli, ma non raccolti in un mazzo o dentro un vaso. Erano perfetti singoli eleganti steli di tulipano disposti uno accanto all'altro, ciascuno differente dall'altro, con petali così simili, la seta dei petali che voleva essere sfiorata dalle dita, petali disposti in modo leggermente diverso in ciascun fiore e la foglia di ogni stelo era diritta, o appena ripiegata. I fiori erano allineati ordinatamente, a file disposte su piani diversi e riempivano tutto il foglio lungo e stretto.

«È solo un acquerello.»

«È un miracolo. Le velature sovrapposte non hanno nemmeno mosso la carta, perfetta eppure è carta leggerissima. Come ha fatto, come è possibile dico. È un capolavoro. La cornice, e fra due o tre anni, quando il suo nome, Bianca, sarà una favola bella che potremo raccontare, questo capolavoro sarà ammirato dal mondo. La cornice. Mi permette di sceglierla insieme a lei?»

«Mi piace l'acquerello su carta sottile. Velo su velo. Come disegnare sul tulle.»

«Sì ma come fa? Sono velature sovrapposte.»

«Con pazienza. Si lasciano asciugare perfettamente e si va sopra il giorno dopo.»

«Mi mancano le parole. Lei è unica. Sarà facile. Lei può avere tutto, tutto quel che vuole. Gli stilisti, una miniera da offrire. E poi le carte. L'arte.»

Si allontanò da lei e girò intorno al tavolo in modo da esserle di fronte. Sorrideva, rassicurante, tranquillo, con solo una punta di impazienza nella voce.

«Faremo grandi cose insieme. Tutto il mio studio sarà al suo servizio. Le sue sono opere per le quali vale la pena tenere in piedi uno studio. Il mio studio.»

«Io non posso.»

«Cosa?»

«Cadere.»

«Cadere? Ma lei può solo salire. Lei è un prodigio.» Si interruppe per osservarla. Era seria.

Non cercava un complimento.

«Essere lasciata cadere» disse.

«Che cosa intende dire? Cadere come?»

«È già capitato e se capitasse di nuovo non potrei continuare a vivere.»

Quell'espressione gli procurò un fastidio tremendo, che veniva da lontano. Ma non si sentì nella sua voce quando le rispose.

«Mi parli. La nostra sarà un'alleanza. Nessuno le potrà fare del male. Siamo più che una squadra. Siamo una vera famiglia.»

«Non importa. Prende un tè?»

«Volentieri. Qui è fresco ma fuori davvero è già estate. Stagione pazza.»

«Oh, un tè freddo lei pensa. Non ce l'ho. Una tazza di tè intendo. Tè bianco, tè nero, tè verde. Lo faccio. Bollente. Lo trova bizzarro probabilmente.» Era lei stavolta a essere un poco ironica.

«Fa molto pittrice inglese in effetti. Mi perdoni ma confesso di non sentirmi adatto a questo, in studio si beve solo caffè o qualche lattina di liquidi ghiacciati senza calorie.»

«Che assurdità le calorie. Tutto ciò che è senza qualcosa costa di più. Senza calorie, senza zucchero, senza grassi, senza senza senza. Come se una tela senza fosse migliore di una tela con.»

«Non saprei, in effetti. L'arte contemporanea ha conosciuto una certa quantità di tele senza.» Lui era sconcertato da questo passare di argomento in argomento e non voleva proprio contraddirla.

«Al netto della provocazione, che può essere vera solo la prima volta, non trova? Tutti gli altri autori hanno avuto una buona scusa per non saper dipingere.»

«È un punto di vista, certo.»

«Vuol vedere dei ritratti?» chiese Bianca andando a passi decisi verso il fondo della stanza.

«Mi farebbe un immenso piacere.» Era un inatteso nuovo varco che si spalancava davanti a lui. Senza fatica alcuna. Prima Bianca sembrava così prudente.

Lei aprì con slancio esagerato le due ante di un armadio bianco e prese in braccio, proprio in braccio, stringendola delicatamente al petto, una tela avvolta in un panno chiaro. La appoggiò per terra e aprì il panno. Poi ne prese una seconda e la mise accanto. Poi una terza.

«Tre bambini!» esclamò lui. Guardava quei ritratti, tre primi piani, solo il piccolo busto e il viso, la pelle trasparente, i capelli chiarissimi, leggeri come aureole. Le somigliavano tantissimo, i due maschi di più, per gli occhi verdi, la bambina con gli occhi neri sembrava portare a un'altra storia. Ma quale storia? Avevano età diverse. La più piccola era la bambina. Aveva un gatto nero in braccio. Era grande quasi quanto lei. Due occhi gialli brillavano nel nero folto del pelo. I maschi potevano avere quattro o cinque anni.

Erano così imprevisti che non gli arrivò proprio niente da dire.

«Tre bambini!» fu costretto a ripetere.

Lei restò silenziosa.

Lui rimandò la curiosità su quei bambini per paura di essere indiscreto e chiese invece della musica che sentiva da quando era entrato. Bassa, in sottofondo.

«È Couperin. *Les ondes*, di François Couperin. Una cascata di note, sembra uno scroscio d'acqua che non sa finire. Bello vero?»

17

«C'è un bambino» disse Giulia.

«Un bambino!» ripeté Claire con aria trionfante. «L'avevo detto, questione di tempo e ci cascava. Ma un bambino così al lampo, dopo neanche due mesi è un bel colpo. E brava l'angioletta.»

«Un bambino di otto anni» completò Giulia.

«Otto?» Claire sembrava costretta a ripetere quel che le si diceva, quel giorno. Buttò la borsa sulla scrivania, si lasciò cadere sulla sedia e accese automaticamente il computer.

«Oddio, e allora di chi è?»

«Suo» rispose Giulia tranquilla. «Tutto suo che io sappia.»

«E che cosa vuoi sapere tu?» Claire riusciva a controllarsi solo quando guidava il gioco. Presa di sorpresa le parole le arrivavano da sole, intonate con lo stile dei suoi vestiti sempre eccessivi.

«Si chiama Gabriele. Va a scuola con mio figlio. L'ho scoperto ieri al compleanno di un compagno di classe.»

«Bel nome» disse Valentino arrivato in quel momento.

«Bel nome il suo bambino, bei vestiti, bei capelli di

seta. C'è qualcosa che non ti piaccia in lei? Te ne stai innamorando, dico? Uscito dal lutto per la tua prolifica signora galeotta? E come stanno le pargolette? Tutto bene?»

«Sono pieno di problemi Claire e lo sai. Ma la felicità degli altri non mi dà fastidio.»

«Io invece la odio» rispose Claire.

18

«Lui è mio figlio Gabriele.»

Bianca si era girata verso la porta nell'esatto momento in cui un bel bambino dai capelli ricci e neri appariva. Un piccolo muoversi dell'aria lo aveva annunciato, allegro suono d'infanzia che lei aveva riconosciuto. Aveva la carnagione chiara e gli occhi verdi come i suoi.

«Ciao» aveva detto il bambino. Era stupito di trovare qualcuno. A parte gli occhi, non le somigliava. Era lungo e sottile, la tuta blu da ginnastica gli sfarfallava intorno a gambe e braccia.

«La zia Beatrice è scappata in ambulatorio.» Lasciò cadere lo zainetto sulla poltrona gialla vicino alla porta. «È di turno.»

«Ciao a te Gabriele» aveva detto lui. Lo stupore attenuava il dispiacere di dover lasciare così irrisolti i tre ritratti ma faceva nascere un nuovo, preciso dispiacere, perché un figlio è quasi sempre un guaio, un grande guaio.

«Ho capito. Tu sei l'artista!»

Il bambino aveva attraversato la stanza con un curioso passo danzante, quasi in punta di piedi, e si era fermato davanti a lui.

«Artista no. Artigiano. Un artigiano della moda e del disegno» disse lui.

«Artigiano, creativo e anche artista. Certo.» Bianca sorrideva divertita.

«Mia mamma mi ha raccontato. Il tuo studio è tutto nero con la poltrona rossa. Il nero è un non colore, lo sai? Qui noi crediamo che il nero va evitato come la peste.»

«Gabriele!» Il tono era di rimprovero ma in realtà era un poco compiaciuta. Quelle erano parole che si ripetevano fra di loro.

«Noi non abbiamo vestiti neri, scarpe nere, penne nere. Niente. E tu perché hai tutto nero? Sai che il nero attira il calore?»

Aveva indicato i pantaloni di lui, neri in effetti. Di lino come la bella camicia bianca senza collo, ma neri.

«Il nero è... più elegante?» aveva risposto lui, incerto.

«E poi non hai piante e fiori in ufficio. Perché?»

Gli occhi verdi ben ficcati nei suoi non invitavano a una risposta qualsiasi.

«La mamma dice che chi non ama le piante non ama la vita.»

«È un po' tranchant» aveva detto lui rivolto più a Bianca che al bambino.

«Tranchant.» Gabriele ripeté la parola con gusto e con pronuncia impeccabile.

«Vuol dire categorico. Esagerato. La verità può stare in mezzo giusto?» aveva detto.

«So cosa vuol dire tranchant.» Gabriele aveva il fare birbo dei bambini che nascondono qualcosa.

«Ecco, bene.»

«Allora dovresti avere almeno qualche pianta.» Gabriele non aveva mollato il pensiero. «È così, vero mamma? Noi abbiamo piante dappertutto.» Aveva fatto un respiro largo prima di dire quel noi gonfio di orgoglio.

«Vuoi vedere la mia collezione di felci?»

«Felci? Non sono difficili da coltivare?» aveva detto lui.

«No, non per noi. Serve una serra e noi abbiamo una serra nel giardino dietro casa.» Indicò con un gesto la porta finestra in fondo alla stanza. «C'è il diffusore di umidità» concluse solenne.

«Diffusore» aveva ripetuto lui.

«Ho quasi cento specie di felci. Un po' anche in camera.»

«In camera» aveva ripetuto lui. «E l'umidità?»

«Ah! Io ho l'asma e l'umidità mi fa bene. Io vado sempre in piscina. Due volte la settimana. Vuoi vederle?»

«Forse no. Meglio una prossima volta.» Bianca era intervenuta appena lo slancio verbale del bambino glielo aveva permesso.

«E perché?»

«Perché è una cosa lunga e le cose lunghe vanno programmate.»

«Okay. Convinto!» aveva riso Gabriele.

E poi verso di lui: «Ma ti dico che tutto quel nero ha inquietato...»

«Inquietato?» lui aveva ripetuto guardando Bianca.

«Inquietato la mamma» aveva completato Gabriele. «Perché ripeti le parole? Non sai cosa vuol dire?»

«Sì che lo so. È che tu potresti non saperlo alla tua età! E mi inquieta che la mamma si sia inquietata» aveva detto lui. «Molto inquietata secondo te?»

«No, se sei qui. Io comunque ho otto anni e non sono così pochi per saper parlare. Leggo già veri libri, lo sai? Anche in francese.»

«Piccoli libri per bambini, in francese» era intervenuta Bianca quasi a chiedere scusa per il bambino.

«Ma io sono qui a sorpresa, in effetti» aveva spiegato lui rispondendo all'osservazione di prima.

«Ah! Allora auguri» aveva risposto Gabriele evasivo.

Ed era sparito dalla stanza con il suo passo danzante. La corsa su per le scale aveva lasciato dietro di sé un ciao ciao un poco teatrale come il gesto delle mani aperte con le palme verso l'alto. Dubbio o invocazione, chissà.

Poi era tornato indietro, neanche un minuto dopo, le scale scese facendo i gradini a due a due, si sentiva il passo più pesante e distanziato.

«Dov'è?» aveva chiesto mettendo la testa dentro la stanza.

«Sul mio letto» aveva risposto Bianca.

19

Nei giorni successivi Bianca sparì. Telefonò a Costanza e le disse che era impegnata e si sarebbe fatta sentire lei. Costanza provò a chiedere qualcosa con il suo zigzagare sornione di domanda in domanda. Di solito funzionava bene, ma Bianca rispose con una cortesia distratta.

Un giorno, due, tre, quattro.

E non pioveva. Il sole d'estate entrava quasi canzonatorio dalle finestre dell'open space affacciate su piazza dei Signori e la pietra candida della Basilica rimandava una luce brillante che obbligava ad angolare i computer in modo da poter leggere lo schermo. La scuola era finita da un po', e anche gli esami di maturità. Lui fece una telefonata discreta alla segreteria dell'Istituto ma nessuno l'aveva vista. Ripassò le loro ultime conversazioni in cerca di un suo errore, ma lui non faceva errori. Cercò un indizio di fastidio nelle parole di Bianca, ma anche questo non lo trovò. Era lusingata, contenta per i suoi disegni. Era qualcosa che lui sapeva riconoscere per averlo visto tante volte nelle donne che aveva avuto. È la fase più bella, quella in cui ci si sente come dio, potenti di far nascere una creatura.

Nessun incidente grave l'aveva coinvolta. Costanza teneva controllati i giornali. E fu lei a ipotizzare che forse il bambino era malato.

La situazione era capovolta rispetto a quella che lui creava e questo gli diede un'ansia molesta perché non era abituato a non avere la prossima mossa pronta. Non poteva raffreddare il rapporto per farglielo mancare, perché a sparire era stata lei. Né riprenderlo in mano con una delle sue vorticose capriole romantiche che confondevano la donna di turno e la facevano sentire una sovrana. Lui non regalava fiori, profumi o gioielli. Lui mandava a casa un completo delle sue collezioni, del colore che loro un giorno avevano detto di preferire o quello che lui riteneva stesse loro meglio, della loro taglia perfetta, personalizzato con qualcosa di riconoscibile come unico. Opere d'arte con dedica, così le definiva mentre aprivano la scatola con il vestito che appariva fra le carte veline. E poi le portava a cena sul torrione della Corte Stria di Lupia, con il tavolino appollaiato in cima a una deliziosa scaletta a chiocciola dai gradini di pietra chiara, i muri traforati di nicchie in cui trovavano posto fiori, o candele e libri, libri aperti su una pagina da leggere, adatta alla circostanza e al menu.

Ma tutto questo dopo che aveva afferrato saldamente le loro vite, anche se loro lo sapevano solo in modo confuso.

Una sera tardi passò davanti a casa sua, in automobile. Le luci erano accese. «Cazzo» pensò. Appiattì la stizza prima che si trasformasse in orgoglio ferito. Non poteva permettersi di perderla.

Provò a immaginare di tornare di nuovo da lei di sorpresa, come la prima volta. Impossibile. Era chiaro che lei si stava ritirando. E poi la sorpresa è sorpresa solo la prima volta, lei aveva detto qualcosa di simile a proposito della provocazione nell'arte.

Comunque alla fine ci provò. Il quinto giorno andò e suonò. Non rispose nessuno. Non riuscì a capire se ci fosse qualcuno dentro la casa. La chiamò al telefono dal cancello, non sentì squillare il suo, dentro. Ma lei lo teneva silenzioso il telefono, lui lo sapeva.

20

«Posso invitarla a cena una di queste sere? Un amico, più che altro un cliente, ha un bel ristorante sui colli. Cucina la suocera, pensi, pochi piatti, di tradizione dice lui, ma non è vero, è un'artista la suocera. Una scelta di vini particolare. Forse i vini non le interessano. Ma i dolci. Bizzarri e indimenticabili.»

Lui era tornato ancora, non lo aveva mai fatto, di cercare davvero una donna. Quando gli era capitato, era stata pura strategia. Stavolta era costretto e questo lo innervosiva. C'erano i disegni di Bianca là dentro. Il settimo giorno era domenica. Bianca aveva aperto e lo aveva fatto entrare. Lui non le aveva chiesto niente a proposito della sua assenza.

«Bizzarro è un aggettivo che amo» disse Bianca sorridendo.

Si slacciò il camice da pittura. Indossava una maglia blu con scollo a madonna, e una serie di collanine sottili di lunghezza diversa. Come il primo giorno, quando era andata da lui. La pelle chiara faceva un contrasto che ricordava le donne del Bronzino. Questo venne in mente a lui e lo disse, anche per non rispondere all'osservazione di lei.

Era così. La capacità di assimilare il linguaggio delle persone era parte della sua arte. Ma non doveva strafare. Bizzarro è un aggettivo inusuale. Aveva sbagliato a farlo suo subito. Soprattutto perché lei era prudente. Attenta e prudente.

Forse per questo era scomparsa.

Così le disse che le stava proprio bene la maglia, e anche le collane: «Anche le dame del Bronzino portavano più collane, come lei».

«Sì, ma i capelli un po' più in ordine!» rise Bianca disegnando con le mani sopra la sua testa un cerchio a evocare le acconciature rigorose e ordinate di Eleonora di Toledo o della Dama in verde.

Poi istintivamente toccò i fili di piccole pietre dure che attenuavano la scollatura.

«Ho ereditato le collane di mia madre» disse.

Ne indossava una lunga di piccole perle di lapislazzuli alternate a giada azzurra e un'altra più corta a torchon, di agata azzurra. «Mi sento accompagnata quando le porto. E mi piace la scollatura tonda. Anche a lei, giusto? L'ultima collezione...» esitò un momento. «C'ero a Villa Cordellina per la sfilata dello scorso anno.»

«Ah! Sì, sì.» Lui partì sicuro, era il suo terreno quello e le parole giuste le conosceva tutte. «Solo pochissime donne portano bene lo scollo profondo. E non si può vedere su sterni sporgenti e seni calanti. Eppure per ragioni facili da intuire lo vogliono. Mi è stato richiesto all'inizio, tante volte e con insistenza. Lo scollo quadrato è infinitamente più elegante e sicuro. È inadatto solo su spalle non abbastanza piene. Lo scollo rotondo è ancora più sicuro, va anche su età importanti, che devono esporre poco. Lo scollo a madonna è particolare perché è più basso, richiede un décolleté senza problemi.»

«O tante collane.»

«Sì e no. Non tutte possono portare tante collane. Ci vuole un'eleganza, come dire, propria. Qualcosa che non trasformi le collane in decori natalizi. Lei sta benissimo.»

«Ci vengo volentieri nel suo ristorante. Grazie. Mi piacciono i vini interessanti.»

Era ironica ma lui non se ne accorse.

«Domani lunedì?»

«Domani lunedì.»

21

Bianca i colli li conosceva perché ci andava a raccogliere immagini e colori per i suoi disegni. Girava con una borsa a tracolla fatta a busta. Una bella texture di stoffe a striscioline, varianti del blu e dell'azzurro, con inserti di cotone bianco ricamato a piccoli fiori di non ti scordar di me.

«È dunque opera tua anche questa?» chiese lui quando lei rifiutò di consegnarla al cameriere, così come si era tenuta la giacca un momento prima.

«No» rispose Bianca. «Disegno, non so cucire.»

«Sembra una delle tue tavole» lui accarezzò il piccolo ricamo del non ti scordar di me.

«È di un'amica. Lei cuce. Anche i cuscini e le tende di casa mia. Anche i vestiti» e istintivamente abbassò lo sguardo su quello che portava. Un bel vestito blu anni Cinquanta, con scollo quadrato che valorizzava le sue spalle piene, il seno che si lasciava immaginare.

«Un'amica! Brava proprio brava, ma il tratto, l'idea è tua, si vede. Le tue creazioni si riconoscono. C'è un 'effetto Bianca' che non riesco ancora a descriverti, ma riconoscibile. È questo che cerchiamo, un tratto riconoscibile, che fa dire 'è lei', è suo questo vestito, questa stoffa, questa carta. Tu hai un dono, sei un dono che fa venire il desiderio di fare qualcosa di bello, di rendere più buono il mondo, di essere migliori.»

Le sorrise. Le restituiva il suo linguaggio con la misura giusta. Nessuna piaggeria. Aveva ripreso a governare l'arte di essere lei senza perdersi.

«E sei arrivata da noi. Da me» concluse.

Parlando aveva appoggiato la mano su quella di Bianca. Aveva sentito un piccolo movimento, un sottrarsi, solo un pensiero non ancora ben disegnato ma diventato scatto. Un piccolo scatto senza seguito. La mano era rimasta appoggiata sul tavolo, non proprio distesa, ma era rimasta sul tavolo, sotto la sua. Finché non l'aveva lasciata lui per prendere il menu.

«Dobbiamo programmare il futuro del tuo lavoro. Sei preziosa, quello che fai è nuovo, del tutto nuovo. Ha una purezza nuova, ecco, purezza. Qualcosa di cui il mondo ha bisogno per essere migliore. Vedi? Mi ripeto.»

«Il mondo?» Bianca sorrise.

«Il mondo, sì, piccolo nostro mondo. Lo hai detto anche tu, il nostro mondo è come è ma si può star saldi e lasciare un poco più bello quello che abbiamo intorno.»

«Parlavo della scuola.» Bianca continuava a sorridere. Riconosceva le proprie espressioni in quelle di lui e questo cominciava a non darle fastidio.

«Sì ma tu hai un dono e questo va condiviso. Voglio essere il tuo primo alleato, amico, mettere tutta la mia azienda, la mia esperienza» corresse, «a disposizione della tua arte. È un nuovo inizio per me, sei una promessa.»

È un'isola, pensava intanto che le sue parole la raggiungevano appena. Si vedeva che non era questa la strada, il successo non le interessava, altrimenti avrebbe portato prima le sue cartellette in giro per il mondo.

«Sei di Venezia» disse lui. Le versò il secondo calice del Lagrein che Bianca aveva scelto. Bianca si intendeva di vini, aveva discusso con il suo amico di vitigni e stagioni secche per un bel po' prima di scegliere. «Siamo abbastanza forniti» aveva detto con modestia l'amico. «La signora è trentina?»

«Vengo da Venezia e abito in città. Le montagne solo d'inverno, per la neve. Ma mi piacciono i vini aromatici.»

«Splendida scelta. Per il fine pranzo abbiamo un Olivares Dulce da avvicinare alla nostra *mattonella di torrone ai tre cioccolati*, se può interessare.» Il nome del dolce lo aveva sottolineato con una distribuzione di accenti enfatici.

«Certo che sì» aveva risposto Bianca con un entusiasmo imprevisto. «Se c'è il rischio che finisca...»

«Ne metto da parte due porzioni» aveva detto l'amico.

«Abbondanti. Una almeno» aveva scherzato Bianca.

«Di quale parte di Venezia?» continuò lui quando furono soli.

«Cannaregio. Ma chi è di Venezia è di Venezia e basta.»

«Anche chi abita al Lido?»

«Allora dice che è del Lido. Il Lido non è Venezia. Si può andare cento volte a Venezia e non mettere piede al

Lido. Molti veneziani non sono mai stati al Lido.» Si era animata.

«E adesso qui?» chiese lui.

«Questa è la mia città, ci sono nata. A diciannove anni mi sono trasferita a Venezia per studiare all'Accademia. Poi sono tornata.»

Lui restò silenzioso. Era prudente, non voleva rompere la piccola grazia di quel momento di confidenze.

«Per lavoro o per amore?» chiese alla fine.

«Tornata? Per disamore» rispose Bianca.

Alzò gli occhi su di lui senza parlare. Lui capì di essere sotto esame e le sorrise.

«Dovevo scappare e avevo casa qui, la casa di famiglia. Era chiusa da tanto. La sto sistemando un poco alla volta. Per questo ho pensato ai disegni.»

Si fermò. Confessare questo bisogno di soldi era qualcosa che le era sfuggito. «Non è consapevole del suo valore» pensò lui.

«Per Gabriele?» le chiese scegliendo una fra le mille domande adatte a continuare la conversazione.

«No, non per lui. Certo lui ci sta bene. Un bambino ha bisogno di una porta che la sera si chiude, sapere che quello è un posto sicuro e niente gli può capitare. Ma questa casa è per me. Sono stata felice in questa casa e sapevo che potevamo tornare a esserlo, insieme.»

«Tu e il papà di Gabriele?»

«Siamo scappati da lui.»

Una risata sopratono riempì la pausa nella conversazione. Veniva dal tavolo in fondo alla stanza. Una bambina rideva e rideva come capita quando i bambini sono al centro dell'attenzione. Qualcuno intonò un prudente *Happy Birthday*, quasi sussurrato.

«Non è un posto per bambini questo, temo» disse lui sorridendo.

«Lui era mio professore all'Accademia, un artista, pittore, scultore. Diceva che i miei disegni erano pieni del mio talento. Che un futuro luminoso mi aspettava.» Era ironica e dura.

Lui registrò di bandire talento e luminoso dal suo vocabolario. «Avrei dovuto solo fidarmi di lui, diceva. Mi fece fare una piccola mostra didattica per le matricole, miei colleghi di corso. I disegni finirono nel suo studio, e anch'io. A maggio aspettavo Gabriele. Lui era già sparito intanto. Mio figlio mi ha restituito a me stessa, semplicemente. L'ho sentito più grande del mio dolore. Ho sentito il suo aver diritto alla vita, quella possibile. Disegnavo ipomee blu da due settimane senza sapere perché e mio padre ha capito prima di me. 'Tua madre ha disegnato ipomee quando aspettava te. Tranquilla, ti protegge da lassù. Un bambino è un bambino.' Così mi ha detto. Non mi ha nemmeno chiesto chi fosse il padre. Tanto lo sapeva. Poi mi ha trovato un posto a Firenze, sopra San Miniato, dalle Stabilite. Suore Stabilite nella carità, è il nome dell'ordine religioso. Sorprendente, vero? Tutte le chiamano 'le Stabilite'. Abitano una villa del Cinquecento, un giardino che guarda la città. Mi hanno dato una stanza grande come un campiello veneziano, con i balconi in pietra arenaria, un terrazzo sul vialetto posteriore di bosso ben regolato, che dava su un arco di pietra e giù il lungo pendio che scivola in braccio a Brunelleschi.»

«Le ipomee sulla siepe di bosso» disse lui ricordando la tavola fra quelle che aveva visto. Le prese di nuovo la mano e la strinse, sicuro che non sarebbe scappata. In realtà voleva anche fermarla. Mai troppa confidenza e mai troppo intima era la sua regola.

Lei invece continuò. Parlava con un sollievo che conteneva una felicità leggera. Non era vero che non voleva parlar di sé come aveva detto al primo incontro. Era paura e quella sera era più forte della paura. O più ingenua.

«La gravidanza è stata un'unica ininterrotta seduta di pittura. Le suore entravano nella stanza e aprivano le finestre sull'odore di sterpi bruciati dai contadini in autunno per fare uscire l'odore dei colori. 'Fa male al bambino' dicevano e mi portavano a passeggiare sulla ghiaia candida dei viali che pulivano continuamente dalle foglie cadute. Per farle contente ho dipinto solo con le cere in inverno. Pensavano che fossero meno nocive al bambino.»

«Gli ellebori» disse lui per continuare a riportare la conversazione su un terreno meno personale.

«Sì. E poi il vischio e le bacche di *Clerodendron*.»

«Le stelline rosa col bottoncino blu.» I disegni raccontavano la sua vita e lui riconosceva i passaggi uno a uno.

«Sì. E poi è caduta la neve.»

«Sul calicanto. I fiori pallidi con la luce della neve sui

petali.» Recitava le tavole già viste via via che Bianca raccontava.

«Sì, la luce della neve. Ho cercato il colore della neve. Ho un profumo che si chiama così, *Neige*, ma la neve ha mille colori, uno per ogni giorno in cui cade, per ogni luogo che copre, per ogni foglia che la sostiene. La neve raccoglie il profumo del mondo dentro i suoi fiocchi e lo trasforma in luce sempre diversa. Per questo non si trova fine alle sue sfumature. Potrei passare la vita a disegnare la neve.»

Sorrideva a un ricordo felice.

«A febbraio il professore è morto. È venuto mio padre a dirmelo. È morto e sta bene dove sta, ha detto. Con semplicità. Era vecchio il professore. Credeva di essere giovane perché si circondava di noi, ma era vecchio e anche malato. Subito dopo è nato Gabriele.»

La bambina rideva ancora dal fondo della stanza. Si era messa in piedi sulla sedia e teneva un discorso che gli adulti commentavano alternando applausi e sonori «ssst!» più chiassosi del suo ridere bambino.

«Il professore...» Lui cominciò una frase senza sapere come finirla. L'immagine del professore morto gli aveva dato una scossa dentro, un bisogno di allontanare con parole, quali che fossero, la sensazione di malessere. Ma quelle che gli erano venute erano rischiose, potevano sembrare una domanda e per questo tranciò senza grazia la frase.

«Era brutto, vecchio e maltenuto. I capelli grassi si appoggiavano a strisce sulla testa e le guance vibravano come gelatine quando parlava. Aveva occhi grandi, grandi e scuri, ci guardava noi allieve, e capiva chi ancora non sapeva niente del desiderio. C'è un momento in cui il desiderio è così potente e confuso che chiunque può stringere il pugno intorno alla nostra anima e farne bottino insieme al corpo. Maschio o femmina non conta. Basta che sia il primo ad accarezzarlo questo desiderio. Questo corpo.»

Mamma e bambina litigavano in fondo al tavolo del compleanno. L'eccitazione rendeva la piccola una furia incontenibile e i grandi che si erano divertiti a provocarla erano ormai infastiditi.

«Lo hanno fatto nascere le suore. Nevicava e nessuno se l'aspettava in febbraio la neve, l'ambulanza si è bloccata ai piedi di San Miniato. Quando è nato non respirava bene o forse era la loro paura e così le suore lo hanno battezzato subito e chiamato Gabriele. Non l'avevo detto a nessuno che era il nome suo dal primo giorno che si è annunciato. Gabriele lo hanno letto nei suoi lineamenti d'angelo, mi hanno detto con quel lessico da bambine che qualche volta hanno le vecchie suore. Ma credo che piacesse alla giovane madre che mi ha aiutato. Era il nome dell'uomo che aveva amato prima di entrare in convento. Si è scusata per questo, ma era una brava persona, ha detto. Faceva il medico dei bambini.»

«È un bellissimo nome.»

«È un nome di verità» rispose Bianca.

«Cos'è la verità?» Non riusciva a frenare l'aggressività. Non voleva tutto quel raccontare. Di solito era lui a raccontare, con prudenza e misura. Ma gli piaceva. Lei e anche quel suo fidarsi che lo faceva migliore di quel che si sentiva.

«Di verità perché è un nome che conserva il ricordo di amori così diversi. La verità è moltitudine.»

Lui faceva ruotare il telefonino sul tavolo, uno slalom fra bicchieri, piatti e cestino del pane. Si illuminò in quel momento lo schermo. Era una Eva, ben visibile sul display. «Niente di importante» disse. La vibrazione faceva tintinnare i bicchieri di lei.

«Campanellino d'allarme» disse Bianca. Sorrideva ma non scherzava.

«Trillo di invito» rispose lui. Le versava il vino intanto.

Era incantato da questa donna che nuotava, dipingeva, beveva, mangiava. Le donne a cui era abituato non mangiavano. Giravano con movimenti assorti la forchetta dentro gli antipasti, sminuzzavano senza interesse verdure e dolci, sempre impegnate ad ascoltare quel che lui diceva, a non ingrassare, a non vivere se non dentro la sua luce. Si infastidì di pensare quel che pensava. Erano donne bellissime, possibile che questa le oscurasse in una sola serata?

È che era viva, così viva. Era stata Bianca a scegliere dal menu. Risotto con tartufo nero dei Berici, frittata di maresina, mattonelle di torrone ai tre cioccolati. E poi il vino. Il Lagrein rosato. «Solo bianchi» aveva detto. «Ma il Lagrein rosato è quasi un bianco e per questo menu è perfetto» aveva contrattato il suo amico. E così era stato.

«La verità è quando non hai paura» rispose Bianca alla domanda ormai lontana. «Non avevo paura per questo bambino arrivato dal capriccio di un vecchio egoista. La luce arriva anche dall'inganno.»

Ci fu una pausa.

«Anche queste sono parole di papà.»

«Ma si dice che la verità fa paura.» Non era il suo terreno, non voleva sbagliare.

«La paura si prende tutta la vita e se non si sa cosa fare della propria vita, la paura è perfetta. La riempie di sé. Ma che vita è?»

22

«C'è sempre qualcuno che dopo, sempre dopo, dice ma come, non avevi capito? Tutti sapevano. Come hai fatto a essere così ingenua? Non vedevi quel che tutti vedevano? Ci saranno campanelli e anche campanacci d'allarme. Non li riconoscerai. Quando il desiderio incanta il pensiero ti trovi dove non sai. Anche quel che si vede in realtà non lo si vede. Non lo abbiamo visto perché capita di vedere solo il nostro desiderio, come l'oasi, te la ricordi? l'oasi nel deserto. Se il desiderio è grande. Ma non aver paura bambina, mia bambina. Io sarò là in fondo. Ci sarò.»

23

«C'è un nudo» aveva detto il preside.

«Un nudo? È normale, fa parte del programma. Ci sono molti nudi.»

«Sì. Ma è un nudo riconoscibile.»

«Riconoscibile?»

«Sì, riconoscibile. E non mi dica che non sa di cosa parlo.»

«Non so di cosa parla. I ragazzi cominciano i lavori a scuola. Le modelle viventi sono proposte e approvate dalla scuola. Poi li finiscono a casa.»

«Appunto dico. E le pare che i ritratti siano tutti adeguati?»

«Adeguati? Che cosa vuol dire? I ragazzi non devono fare ritratti fedeli, devono interpretare. In terza si fa copia dal vero, si chiede che sia fedele, in quinta ci si muove verso un'arte propria. La modella a volte è solo una linea da cui partire.»

«Sì, ma qui si parla di scandalo.»

«Scandalo?»

«Le ha viste lei le opere?»

«Certo che sì! Le seguo durante l'esecuzione, spesso lungo tutto l'anno scolastico. Le seleziono una a una. I ragazzi sanno che non ci sono censure. Il nudo racconta come l'artista vede la vita. Niente censure, niente moralismi travestiti da suggerimenti artistici. La libertà è il segno dell'artista. Son tre anni che alle nostre esposizioni didattiche portiamo anche nudi e...»

«Potrebbero essere venti e non cambia il problema. Ma ci è o ci fa? Dico, mi prende in giro o davvero non ha capito?»

«Cosa devo capire, preside? Sono sette opere selezionate fra quelle dei miei studenti. Sono imperfette, alcune sono più audaci che belle. La bambina con le braccia strette al piccolo seno e le gambe aperte può essere forse letta come una provocazione che va a coprire delle carenze tecniche, ma non c'è niente che possa davvero scandalizzare qualcuno.»

«Non è la bambina, è la signora più matura.»

«La vecchia, vuole dire. Ma la vecchia è praticamente vestita. Mostra la spalla e un ginocchio un poco sbucciato. L'ho trovata un'idea originale. Il titolo è *La caduta di Eva* e la giovane autrice ha immaginato il corpo invecchiato della madre dei viventi e la fragilità di questo corpo diventa la fragilità di tutti i corpi con un richiamo alla prima caduta, che qui è fisica, quasi caduta di bambina che batte le ginocchia sul ghiaino. Trovo interessante l'idea e anche la sua realizzazione.»

«Eva è il nome della mia... di mia moglie.» Lo aveva detto col tono aggressivo di chi lo fa a suo dispetto e nel dirlo era diventato rosso fin dove il collo si poteva vedere.

«Oh! Non è grave. Eva è un bellissimo nome e in arte Eva rimanda alla lunga tradizione delle opere ispirate alla Bibbia. È una figura molto presente nella storia dell'arte.»

Si fermò a cercare argomentazioni tranquillizzanti.

«Se dovessimo escludere i nomi dei coniugi di tutti i colleghi della scuola dovrei setacciare preventivamente le scelte dei miei studenti ed eliminarne la metà per quel che posso immaginare.»

«Lei non può immaginare, se davvero non sa. E qui il disastro è sicuro.» Si controllava, ma il viso era ormai un mosaico di macchie bluastre.

«E perché? Se si sente più tranquillo posso scrivere *Eva la madre dei viventi* e il riferimento alla Genesi è più esplicito.»

«Ma se lo sanno tutti, addirittura la sua studentessa!»

«Cosa?»

«Dico, ma dove vive lei?»

«Se mi spiega.»

«Se lo faccia spiegare da qualcun altro e faccia sparire la sua Eva.»

«Ma non posso, preside. È stata selezionata, tutti lo sanno.»

«La faccia sparire, la faccia cadere durante il trasporto, le rovesci il caffè sopra per sbaglio, o il barattolo di limonene, quel che vuole. Se non lo fa lei lo faccio io. Che non sia mai esistita.»

«Ma perché?»

24

Mentre aspettavano il dolce Bianca gli raccontò il dialogo col preside. Il nome apparso sul telefonino di lui gliel'aveva ricordato e lo stesso nome era apparso una seconda volta in una pausa della conversazione a fine cena.

«Non è un nome comune» disse lui con tono leggero.

«No. Poi mi sono informata, ho chiesto a mia sorella Beatrice che un poco la città la conosce. Pare che sua moglie Eva lo abbia piantato per un altro. All'improvviso. Tre figli adolescenti, lasciati a casa, da lui.» Fece una pausa e lo guardò con una intensità determinata.

«È la Eva del telefono?»

«No proprio.» Rise divertito. «Sono in grado di cancellare i numeri dal cellulare! Questa Eva è una cara amica. Sposatissima. Ha lavorato per noi e poi se n'è andata per fare un po' di figli. Ma di tanto in tanto la chiamiamo per un viaggio da clienti o per aiutarci con i giapponesi. Parla il giapponese perfettamente. Suo marito è giapponese.»

Bianca lo guardava.

«Perché lo hai chiesto?»

«Perché so più di quello che credi e perché hai una quota di caratteristiche tipiche del seduttore.»

«Il seduttore! Che parola... letteraria. Un dongiovanni? Mia madre avrebbe voluto chiamarmi Giovanni.»

«E invece?»

«E invece mio padre ha scoperto che era il nome di uno degli ultimi amanti della mamma.»

«Cielo! E te lo hanno raccontato così?»

«Mio padre. Sì. Anche lui non si faceva mancare la compagnia. Alla sua morte l'eredità l'ho divisa con quattro fratelli che non sapevo di avere.»

«Quattro!»

«Sì. I loro avvocati si sono presentati alla porta ancora prima del funerale.» Rise. «Lo sapevano tutti in città. Tranne me. Per fortuna era un'eredità apprezzabile» concluse.

Fu Bianca a stringere la sua mano.

«Ma il mondo è pieno di belle persone» disse.

«Basta non cercarle fra i notai! Ho sempre pensato che mio padre fosse un uomo senza emozioni, invece da qualche parte le aveva evidentemente. Io sono pieno di emozioni. E son più le donne che mi hanno lasciato...» Non finì la frase. Non era bello dire che di donne ne aveva avute una quantità. E non era nemmeno vero che erano loro a lasciarlo, era sempre lui. Scivolone sul piano dell'autocompatimento. Quando cominciava a dire bugie faceva errori. Per quello evitava. Aveva un'inclinazione patetica che le donne detestavano, lo aveva scoperto presto. Si fermò in tempo.

Bianca continuava a guardarlo. Era pensierosa.

«Si è determinate» scandì lentamente come un pezzo

teatrale da ripassare, «serie, razionali, allegre, libere, si studia, si fanno incontri, si beve il caffè e si comprano libri, si fa l'amore, ci si piace e poi finisce. Ci si laurea, sempre le migliori nei voti, si è vicine a fare quel che possiamo e a volte quel che vogliamo. Poi, o prima, o durante o dopo ci prende la follia per un uomo, proprio quello che non ci vuole o ci vuole per un momento, piccola piuma di copricapo indiano se ci va bene, o tacchetta sul muro del bagno vicino al water se è peggio, e basta. Non caschiamo innamorate, come elegantemente dicono i francesi. Caschiamo e basta. Appese per ore, giorni e mesi a una parola, a una telefonata. Felici di essere ingannate, per un poco. Perché è intollerabile non essere nessuno per nessuno. Comunque un giorno anche questo malinconico aggrapparsi all'illusione di esserci va a logorarsi e morire. E si è sole di nuovo.»

Il brusio dei clienti era discreto. Nessuna risata in fondo alla sala.

«Poi si finisce stremate di non essere nessuno e tutto ricomincia. Ci riprende la follia per un uomo eccetera.»

«Magari è amore» disse lui.

Bianca appoggiò il bicchiere che aveva tenuto in mano per tutto il tempo. Non rispose.

Lui spostò la mano sopra la sua.

«Tu sei immensa» disse.

25

«Ho scelto il tuo studio...»

«Non si sceglie il mio studio. Si è scelti.»

Lo disse automaticamente. Era una spiritosaggine che tutti conoscevano in ufficio ma in questo caso era meno vero del solito e comunque era scortese. Bianca sorrise ironica.

«Spacconata fuori posto, giusto?» disse lui con aria di scusa.

Camminavano lungo corso Fogazzaro, deserto in orario di cena. Lo aveva proposto lei, per fargli vedere i mulinelli del Bacchiglione, aveva detto. Lui la prese sotto braccio. Sentì che lei gli stringeva un poco la mano contro il suo corpo. Sentì che era felice. I portici bassi avevano mantenuto il fresco malgrado la giornata estiva.

«No. È che questa frase è sulla brochure di un profumo e mi ha sempre fatto ridere.»

«Quale profumo?»

«Lo porto qualche volta. È troppo aggressivo. Un regalo di un amico.»

«Un amico.»

«Un amico.»

«Dipinge anche lui?»

«No.»

«No. Che domanda del tutto...»

«Non esco con nessuno in particolare» disse Bianca. Rideva un poco. «E mi piacciono le cose chiare. Ho scelto il tuo studio perché proponete molti soggetti naturalistici e io disegno fiori.»

Si era fermata.

«E poi?»

«E poi è comodo. Cinque minuti da casa mia, a piedi.» Rideva ancora.

«Non suona come un complimento.»

«E poi perché ho letto sulla *Gazzetta* che siete fra i donatori dell'Albergo di via delle Dune.»

«Sì» disse lui con prudenza che cercò di far somigliare a modestia. Non poteva far vedere che non sapeva nemmeno di che cosa stesse parlando.

«L'Albergo di via delle Dune è una realtà così piccola e particolare che bisogna averla scelta. E poi non fa, come dire, immagine. È anche rischioso per l'immagine, anzi. L'ho trovato bello, ecco. Una scelta di libertà e la libertà è fuori moda.» Rise di nuovo per l'espressione così in tema.

«Pensavo che ti avesse colpito l'Ethic Award.»

«Non tanto. I premi si sa come sono.»

«Come?»

«Non voglio dirlo davvero. Negoziati? Invece l'Albergo di via delle Dune lo conoscono in pochi. C'era una notizia minuscola sulla *Gazzetta*.»

Lui non ricordava assolutamente niente della cosa.

Delle donazioni si occupava Costanza che aveva la sua filosofia: «Un po' a destra ma non troppo, un po' a sinistra ma non troppo. Al centro niente perché si scocciano tutti. Il buon nome è questione di disseminazione». Disseminazione era una parola che a Costanza piaceva riferita alle donazioni. E lui non aveva idea di come un po' del suo denaro fosse stato disseminato all'Albergo di via delle Dune e non aveva idea di che cosa succedesse in quell'albergo. Quanto a via delle Dune, mai sentita. Eppure la città la conosceva bene.

«L'Albergo di via delle Dune prende il nome dalla distruzione dell'Albergo di via delle Donne, poco più di un anno fa.» Lei sembrò rispondere ai suoi pensieri.

«Il rogo» interruppe lui, che finalmente poteva dire qualcosa di appropriato. «Era stato il marito di una delle donne ospiti? Era un ricovero per donne...» stava per dire straniere ma si fermò in tempo. Non si ricordava e c'era da credere che a lei non sarebbe piaciuta la sottolineatura.

«Era una casa di ospitalità per giovani mamme in difficoltà. C'era un progetto, il progetto Mamma e bambino della Caritas. Erano quattordici donne e venti bambini, alcuni piccolissimi. Sono morte due donne nel rogo.» Si fermò sopra pensiero. Non era commossa, seguiva ricordi e non tutti venivano condivisi.

«Il rogo era stata opera di due ragazzi che non c'entravano nulla. Vite giovani e già in frantumi, pronte a fare il mondo a propria immagine. Sono morte due operatrici, la psicologa e la cuoca.»

«Esatto. Erano due ragazzi della città.»

«Eccome. Famiglie che ce la fanno sempre. Minorenni sia pure per poco. Condanna patteggiata, servizi sociali per qualche mese e sono già all'estero a finire le scuole, la laurea e pronti a rientrare a tempo giusto nelle aziende di famiglia. La nuova aristocrazia che l'aristocrazia la disprezza. Quelli che la cultura non serve ma il dottorato in America è un diritto.»

Si staccò da lui per sistemare meglio la borsa a tracolla. Era una versione verde di quella che portava di solito. «Opera dell'amica di sicuro» pensò lui.

«Comunque la sottoscrizione per ricostruire l'albergo è stata fortunata e ha riaperto da poco. Grazie anche a te. Per questo e per i fiori sono venuta da voi.»

Lui non osava chiedere delle dune. Perché le dune al posto delle donne.

«Mia sorella era il medico di quelle donne. Volontaria della Caritas. Ci passava un po' del tempo in cui non era in ambulatorio.»

«Medico di che tipo?»

«Malattie infettive. Lavora in ospedale. Appena riesce a farsi approvare un progetto di aiuto in qualche Paese dimenticato del mondo, parte. Lei è speciale, somiglia a mio padre. Non c'è niente che la sconvolga davvero. Ma non è ottimista. Semplicemente fa quel che si deve. Ha una specie di sapienza pratica, conosce il linguaggio del corpo malato e si fa raccontare dai pazienti come potrebbero guarire.»

«È qualcosa che somiglia a una scuola di pensiero?»

«Sì e no. Con le malattie si usa la metafora della guerra. Combattere il cancro, vincere la lotta contro l'aids, sconfiggere i batteri resistenti. Lei dice che è sbagliato, che la malattia è un pezzo di noi e che combattere un pezzo di noi stessi vuol dire perdere comunque. Lei dice che il corpo ha bisogno di vivere la sua malattia anche raccogliendo le *sue* energie e non solo accogliendo le artiglierie esterne. E poi chissà se la metafora della guerra è giusta, o se non si potrebbe inventarne una di meno frontale, tipo una ricomposizione di armonia. Niente più fughe da quel che ci dà gioia. Ricevere un poco di più invece di correre a fare fare fare.»

Lo guardò con espressione ironica. Lui era uno che correva.

«La terapia perfetta non esiste, dice. La medicina è un'arte come dipingere. Si prepara il colore come sempre, il pennello è lo stesso, la tela l'hai scelta perfetta, eppure il disegno a volte viene e a volte non viene. Non siamo Dio, dice. Ma è una donna di scienza. Con le malattie infettive non si gioca, per cui sui protocolli è tremenda.»

Si fermò davanti a un negozio di vestiti per bambini e lo guardò riflesso sulla vetrina.

«Ha delle alleanze, come dire, improprie e non esattamente canoniche. Ci sono pazienti sieropositivi o con l'epatite C che non riescono a seguire i protocolli perché non sanno governare le loro vite. Lei ha una suorina della Divina Volontà che trotta tutte le mattine a consegnare pillole, a controllare che vengano ingoiate, a fare iniezioni, a portare brioche per la colazione e pane per il pranzo. Comunque appena ha tempo lavora per le donne degli sportelli di aiuto della Caritas e poi scappa. Va dall'altra parte del mondo. È stata tre volte in Tibet, il Tibet cinese, con i suoi ecografi portatili. Insieme ai colleghi che riesce a trascinare mette in piedi ambulatori che là pomposamente chiamano ospedali, insegna a usare le attrezzature, tiene corsi ai medici, e poi ritorna, di solito il giorno prima di riprendere il lavoro in ospedale. Il tempo di salutare i figli, fare venti lavatrici, seguita da Gabriele e dai due più piccoli che un po' l'aiutano e un po' si fanno raccontare ogni minuto del viaggio.»

«Ha figli con una vita così?»

«Quattro. Quattro maschi. Pazzesco vero? E un marito. Gabriele è da loro appena può. Là capita di tutto. Il mondo libero. Le oche entrano in cucina, i gatti dormono sulla tovaglia, i bambini sgranano ceste di piselli, a semicerchio sul prato recuperano le galline la sera. Suo marito si chiama Silvano e fa il contadino.»

«Contadino. Ha un'azienda agricola quindi.»

«Sì. Bella grande ma non troppo. Lui è sempre a casa e lei può partire.»

«Bizzarra simbiosi.»

«Bizzarra.»

«Scusa.»

Camminavano vicini senza toccarsi. I passi di Bianca erano più veloci di quelli di lui. Lui non era abituato a camminare e per non mostrarsi in difficoltà tendeva a fermarsi quando parlava, come per spiegarsi meglio. Ma aveva parlato quasi sempre lei e lui aveva il respiro corto ormai. I tacchi di Bianca battevano un ritmo deciso. Lui la prese sotto braccio di nuovo e lei fu costretta a rallentare. Le diede un piacere sproporzionato quel tocco.

«Sarei felice di sapere di più dei tuoi disegni» disse lui.

«Ho cominciato durante la malattia di mia madre. Ero piccola e avevo paura. Mi sembrava che l'avrei persa se non l'avessi vista sempre. Andavo a scuola e quando tornavo correvo in camera sua sicura che fosse morta mentre ero lontana e solo dopo averla vista e averle raccontato tutto potevo mangiare. Mangiavo in camera sua, mio padre mi preparava un vassoio. Lui capiva il mio bisogno di lei e il suo di me. So che l'aiutava a farsi bella prima del mio arrivo. La pettinava, le metteva il rossetto e le passava il borotalco sulle braccia e sui capelli. Disegnavo. Stavo con lei tutto il pomeriggio anche quando dormiva. E disegnavo. Anche lei disegnava e lo ha fatto con me finché ha potuto. Mi ha insegnato soprattutto l'acquerello. Il resto gliel'ho quasi insegnato io. La cera, la tempera, l'olio. Lei usava acquerello e gessetto. Anche insieme. Le ipomee della sua gravidanza, di quando aspettava me, sono celesti e le ombre sono nere, a gessetto.»

«Hai tenuto anche quei disegni? Di quando eri piccola?»

«Sì. Allora dipingevo quadri, così li chiamavo. Molti sono nella casa di mia sorella, alcuni li ho regalati alle amiche. Alcuni li ho tenuti.»

«Non li ho visti a casa tua.»

Bianca rise.

«La mia casa è grande. Sono nelle stanze di sopra. Nello studio tengo solo i disegni e gli ultimi lavori.»

«E i dipinti dei tre bambini?»

Lei non rispose.

«Siamo arrivati» disse invece lasciando il suo braccio. Si trovavano in fondo a corso Fogazzaro, all'altezza di porta Santa Croce, la bella struttura che chiudeva verso il Bacchiglione la cintura difensiva voluta dagli Scaligeri. Il doppio passaggio, carrareccio e pedonale, era rimasto intatto e anche la porta, nel suo rosso di mattoni pieni. Il Bacchiglione scorreva tranquillo, senza rumore. Si sentiva un piccolo dialogo fra germani reali. Un rispondersi da vicino. Lei appoggiò i gomiti sul muretto che dava sul fiume e si prese il viso fra le mani guardando giù.

«È qui» disse.

«Non vedo niente, è buio ormai» rispose lui.

«Si vede solo col buio.»

«Cosa esattamente?»

«Qualcosa che mi piace ricordare perché mio padre me ne parlava. Ci sono i mulinelli d'acqua sotto il ponte. Mio padre raccontava che qualcuno li ha incontrati ed è stato salvato, lanciato fuori dalle acque. Voleva morire e le acque lo hanno restituito alla riva. Ci sono ma chi li ha incontrati li ha visti nel buio della notte in cui cercava la morte, ne ha sentito la forza come di mani che ti prendono.»

Si fermò e allungò le braccia davanti a sé e allargò le dita delle mani chiare nella sera.

«Hai mani bellissime» disse lui.

«Le mani possono salvare.»

«E se fosse il loro stesso desiderio di vita invece, che ha portato in superficie queste persone? Non è facile voler morire davvero.»

Pensava di averla colpita con la sua osservazione, ma lei rispose con una frase distratta: «Quel che hanno raccontato hanno raccontato».

«Qualcuno è morto qui, però» disse lui, subito pentito. Voleva riprendere il controllo del dialogo ma non in questo modo. Non si ricordava, davvero non si ricordava se fosse quello il ponte di Luneta. Un tempo aveva saputo qual era ma lo aveva dimenticato. Forse si era buttata da ponte Pusterla. C'era una grande tipografia là un tempo e le due ruote a pala sfruttavano un bel salto d'acqua. Doveva essere quello il ponte di Luneta. Lui non aveva voluto saperlo perché dimenticare è mostruosamente difficile, ma qualche anima grigia glielo aveva detto e adesso doveva sforzarsi di non ricordare.

«Si deve sempre essere pronti a riconoscerli i mulinelli buoni, diceva mio padre.» Bianca guardava l'acqua. «Per questo vengo qui.»

26

«Bisogna pure che qualcuno veda questi misteriosi, incantevoli, unici, folgoranti disegni che cambieranno la storia dell'azienda» disse Claire a voce altissima. Con un gesto teatrale ed elegante stava rovesciando il caffè appena preso dal distributore dentro il vaso del *Ficus benjamin* che da una settimana signoreggiava vicino a una finestra dell'ufficio. L'aveva portato il fioraio dell'Antica fioreria di corso Palladio ed era perfetto come tutte le piante dell'Antica fioreria. L'aveva scelta lui la posizione: «Luce indiretta, niente correnti d'aria e lontano dal computer» aveva raccomandato a Claire perché la sua scrivania era la più vicina.

«Almeno aspetta che il caffè sia freddo!» disse Giulia con tono di disapprovazione.

Claire la ignorò: «O vuole sceglierseli, disegnarseli, tagliarseli, venderseli da solo questi capolavori?»

Costanza alzò gli occhi dallo schermo del computer: «Marinella prepara il primo portfolio e Giulia i bozzetti per l'oggettistica».

«Giulia? Ma non l'ha mai fatto! È un avvocato. Lei fa aridi contratti.» Lo disse come se Giulia non fosse presente. Fantasma burocratico di nessuna rilevanza.

«Valentino la aiuterà» completò Costanza.

«Ma vedi. E così l'angioletta e il buon san Giorgio potranno mettere in guardia la verginella dal drago cattivo.»

«L'ho già fatto» disse Giulia.

«Cosa hai fatto?» chiesero insieme Costanza e Claire.

«Ho già parlato con lei. Non mi serve il vostro permesso.»

«E cosa le hai detto?»

«Quel che andava detto.»

«Cioè cosa?»

«Luneta. La suorina di Madre Teresa. Eva.»

«Eva?» disse Claire ironica. «E dove l'hai saputo di Eva?»

«Sono andata all'esposizione annuale del Liceo delle arti. È un evento creato da Bianca e aperto nei mesi estivi. Volevo vedere, tutto qua. C'era una piccola folla davanti a un quadro. *Eva la madre dei viventi*, si intitolava. E ho ascoltato i commenti. Interessanti. Comunque di Eva non ho avuto bisogno di spiegare niente a Bianca in realtà. Lei sapeva già. Ci abbiamo scherzato insieme.»

«Tu scherzi col fuoco» disse Claire seria.

«È ancora qui mi pare. E quindi di cosa vi preoccupate?»

27

«Le collezioni non sono accumuli di cose belle. Sono narrazioni seriali. Ciascuna finisce con l'attesa dell'altra e i clienti, che sono anche i nostri alleati, aspettano di anno in anno la puntata successiva. È così che si genera uno stile.»

«Parli di moda?» chiese Bianca. Era seduta di fronte a lui in ufficio. Al di là del vetro lavoravano, rispondevano al telefono, stampavano bozzetti.

«Non solo. Mi riferisco anche a carte e oggetti. Il nostro tema del giglio ad esempio lo abbiamo preso da una carta per tappezzeria del Settecento. Lo abbiamo isolato e poi lo abbiamo moltiplicato, cambiati gli spazi, creato un disegno in cui il giglio diventa quasi un elemento decorativo neutro, poi abbiamo provato gli sfondi, bianco faceva coperta da culla, avorio uccideva il giallo del giglio, marrone faceva carta sporca.»

«E avete deciso per lo sfondo turchese e lo sfondo azzurro pallido quasi bianco.»

«Esatto.» Sorrise. «Ti ricordi allora. Due sfondi. Il primo è molto deciso, la linea è piaciuta nei paesi del Nord Europa, Olanda soprattutto. I nostri clienti olandesi hanno voluto tutta la serie degli oggetti. Portapenne, portacarte, rubrica, quaderni, matite rivestite, gomme. Tutto. E hanno preso anche qualcosa con l'altro sfondo, per fare le vetrine. Ma hanno venduto solo il primo. I francesi hanno voluto solo il secondo. Troppo cupo il turchese, hanno detto.»

«Alla libreria del Beaubourg c'è un espositore intero con le vostre carte.»

«Le nostre carte, fra poco. Sarà un bel momento quando le presenteremo insieme.» Le sorrise ancora. «L'espositore dedicato è la condizione minima. Chi ha i nostri prodotti ha un espositore dedicato, poi li può tenere al banco o in altri posti, ma intanto ci deve essere l'espositore che fa famiglia, per dir così.»

«Io non vorrei che si sapesse di me.»

«Tu sei speciale. Tu puoi cambiare il nostro mondo dell'oggettistica d'arte e anche della moda per un bel po' di anni, forse per sempre, e renderlo più bello. I tuoi disegni sono un inno alla bellezza. Combattono il male.»

«Il male? Un poco esagerato forse?» Rideva.

«Il male è l'orrore del nostro gusto abituato alla bruttezza dei cestini per l'immondizia.»

«Cestini?»

«Sì. Cestini. Non c'è nessun obbligo di farli così brutti. Di plastica, spesso sembrano vecchi all'acquisto, sono uno degli oggetti più diffusi nella nostra società e sono orrendi, strisciati, sporchi, con l'aggravante di essere bene in vista, perché bisogna che siano comodi per buttarci le immondizie. Sono negli uffici, nelle aule, lungo i corridoi delle scuole, nei ministeri, nei musei, nelle piazze, stazioni, treni, ambulatori. Pensaci. È l'oggetto che ci accompagna in ogni stanza della nostra chiamiamola civiltà, ed è orrendo.»

«Ma tu non fai cestini per la spazzatura!»

«No, non noi. Però abituando il gusto al bello prima o poi qualcuno che li sa progettare li farà più belli, giusto?»

«Non so. Io disegno.»

«Tu hai nella tua arte gli strumenti per combattere il male del mondo. E la tua arte deve diventare un bene conosciuto. Deve essere condivisa. Il male può essere combattuto in ogni momento da chiunque.»

Aveva di nuovo usato le parole di lei.

«Dio santo, e come la spiegheresti la collezione di due anni fa quando sulle cinture dei vestiti hai fatto stampare scene sadomaso prese da disegni clandestini olandesi dell'Ottocento e sui bottoni di peltro hai fatto incidere particolari di torture prese da stampe spagnole del Seicento?»

Claire era entrata e aveva sentito le ultime parole. Portava una serie di bozzetti di carte da valutare.

Li appoggiò sulla scrivania di lui e si fermò davanti a Bianca in tutta la sua notevole altezza, il tubino rosso che la stritolava per il massimo consentito dalla decenza aziendale.

«Solo una provocazione» rispose lui. «Una provocazione per riflettere. Non serve il moralismo a combattere il male. Il moralismo crea fastidio. La provocazione invece spacca.»

«Fa pensare» suggerì Bianca.

«Sì, perfetto. Fa pensare, ecco.»

Guardò Claire con un certo senso di trionfo.

«Grazie. Bianca ha capito» disse.

Era un congedo.

«Comunque ha stravenduto quella collezione. Magari importa anche questo, giusto?»

Claire tornò alla sua scrivania oltre la porta di vetro. Rimase nella stanza una nuvola di profumo denso, più adatto all'inverno che alla stagione calda.

«Mirra, aloe e cedro direi. Un profumo importante.» Bianca riconobbe la composizione.

«Una provocazione» rispose lui irritato. Era il profumo delle loro notti d'amore. La mattina se lo ritrovava sul cuscino, nei capelli. Non bastava la doccia a cancellarlo. Ci voleva il tempo. E intanto restava e tutti lo sentivano e sapevano.

28

«So che non ti salverà prima, ma forse ti aiuterà dopo. Sognare non significa vivere. Ma così siamo fatti. Portati da sogni e storie. Qualche volta i sogni servono a vivere. Qualche volta ci cancellano. Ma non aver paura di sognare. La vita senza sogni è una traversata in acque nere.»

Aveva preso fiato la mamma quella sera.

«I sogni però non sono sempre verità. Spesso è il dolore a essere verità. Per questo si dovrebbe essere prudenti quando si sogna. Ma non si può perché i sogni arrivano da soli, come l'amore.»

29

«Sei un regalo» le disse la sera, mentre con un movimento lento scioglieva il piccolo fiocco che chiudeva il camicione chiaro di Bianca. Era andato da lei nel pomeriggio, dopo la riunione. Le aveva telefonato, senza che ci fosse una ragione di lavoro, per vederla aveva detto. L'aveva osservata disegnare, seduto sulla poltrona lilla. Faceva caldo. Sotto il camicione non doveva avere molti altri vestiti, aveva pensato.

«Mi hai aperto un mondo» le aveva detto. «Un mondo in cui si può essere buoni. Abbastanza buoni. Io ho fatto del male a molte persone nella mia vita.»

Aveva abbassato la voce nel dire l'ultima frase.

Bianca lo aveva guardato qualche istante dopo e aveva visto che si asciugava una lacrima. La lacrima aveva brillato vera nella luce dell'estate.

Voleva credere a quel che sentiva.

«Come?» chiese lei. Si vedeva che stava sospesa.

«Ho dovuto dire di no a tante persone.»

«È il lavoro. Non può essere diverso.»

E poi lui le aveva raccontato la sua vita. Con ironia e senza niente di patetico. Era figlio unico. Notaio il padre, notaio la madre. Il nonno paterno era stato un sognatore, un grafico, diceva di sé solennemente, con una tipografia sempre pronta a fallire per eccesso di creativa inconcludenza, così si diceva in famiglia. Il figlio, cioè suo padre, aveva odiato la povertà in cui era costretto e insieme alla povertà anche tutto quello che poteva fargliela ricordare. Era diventato notaio e aveva sposato la figlia di un notaio. Non che ci fossero molti notai in città. Non avevano unito i due studi, per cui capitava che si trovassero a curare gli interessi di fazioni della stessa famiglia, entrate in guerra per un'eredità immensa che non bastava alla cupidigia di ciascuno.

Il problema dei soldi era risolto per sempre, solo che lui era nato con la vita come dire già scritta.

Nessuno gli aveva regalato una piccola toga come costume di carnevale, ma si discuteva fin dalle medie se mandarlo a laurearsi in legge a Padova o a Bologna. Sarebbe stata una formalità, la carriera. I casi li conosceva già tutti, discussi a tavola, a cena, interminabili analisi sulle successioni, le proprietà da dividere, le aste, le visure.

Lui intanto disegnava su fogli, quaderni e anche tovaglioli immacolati. Disegnava i visi dei genitori. A matita di solito. Quando era arrabbiato li disegnava direttamente sulla tovaglia bianca.

Il cemento del loro discutere era un fitto, feroce giudicare la città intera. Era un piacere totale, primitivo, che traboccava nel sarcasmo della voce, nelle parole del pettegolezzo, e che si traduceva in un prender partito per l'uno o l'altro senza che fosse chiaro perché. Puro arbitrio di un potere di giudizio che ciascuno dei due era sicuro di possedere tutto intero, e che non temeva nessuno se non l'altro seduto a quella tavola.

Lui non esisteva.

Propriamente i genitori non litigavano mai, discutevano. Comunque non lo vedevano.

Disegnava anche a scuola, o di pomeriggio quando stava con le tate, ma a tavola era più divertente perché aveva i suoi soggetti preferiti giusto a sua disposizione. In una cartella in camera aveva decine di serie titolate per caso trattato. «Ira paterna sull'eredità Maldesti» era il suo capolavoro. Quella sera il padre si era seduto per la cena e aveva detto «Merda», impensabile volgarità. Poi aveva sbattuto il cucchiaio sul tavolo ma sbagliato mira e la crema di piselli era finita a pioggia sulla tovaglia e sulla manica del cardigan di cachemire azzurro della mamma. Poi mentre la mamma era andata a salvare il salvabile, così aveva detto uscendo verso la lavanderia della casa col cardigan in mano, il padre aveva fatto un gesto scomposto e i calici erano volati attraverso la tavola mentre il vino si allargava in un'unica macchia scura che faceva scempio della tovaglia candida.

«Almeno fosse vino bianco» aveva detto in modo inconsulto la mamma davanti al disastro, poco dopo. E intanto lui parlava e gesticolava e diceva che così si devasta un patrimonio secolare, che non si vende un palazzo storico agli speculatori, che esiste una responsabilità di posizione per chi si trova a essere ricco e bla e bla. Comunque i suoi ritratti preferiti erano quelli della serie

«Disappunto di ma' sulla divisione dell'azienda Malagutti». La mamma coi capelli tagliati pari e cotonati all'insù in un gironuca che sembrava una bacinella per non far cadere briciole di idee, e una gorgiera di rughe sul collo, che tormentava in tre atti il doppio filo di perle. Nel primo disegno le dita erano raccolte intorno al filo più lungo, mentre portava con l'altra mano il cucchiaio alla bocca, nel secondo disegno il cucchiaio sfiorava le labbra disposte a culo di gallina pronte a sorbire, ma l'inclinazione del cucchiaio già lasciava presagire il disastro, nel terzo disegno il cucchiaio spandeva l'orrido brodo di pollo sulla tovaglia e la madre nel tentativo di sventare la catastrofe cercava di liberare la mano dalla collana e un'esplosione di perle e brodo cadeva a raggiera sulla tovaglia mentre la bocca si apriva in un grido sgangherato.

Culo di gallina lui lo aveva detto con una certa esitazione. Ma ci voleva e Bianca aveva sorriso. Le piaceva così fuori ruolo. Sulla sua poltroncina a raccontare, una mano a sorreggere la testa, l'altra nella tasca dei pantaloni chiari. Bianco su bianco, pensò. Niente nero.

Lui aveva il sospetto che i suoi genitori nemmeno vedessero quel che faceva. Solo alla fine qualche volta. Ma lasciavano perdere di rimproverarlo.

Della biancheria da tavola si occupava la servitù e comunque avevano già consumato troppe energie nello studio, a lavorare, e durante la cena a litigare. Era bravo a scuola, faceva un numero limitato di capricci. Quelle paturnie artistiche non li disturbavano troppo. Eppure. «Forse dovrebbe fare l'Accademia» aveva detto una volta distrattamente sua madre davanti alla produzione forsennata di volti e scene dopo una discussione che era costata più vestiti e tovaglie del solito.

La risposta di suo padre fu un tremendo colpo di paletta da dolci che fece schizzare crème caramel su quel che restava di ancora pulito sul tavolo, compresi i suoi fogli da disegno. Li aveva conservati, puntinati di macchie secche color marrone. Rideva nel raccontare.

Comunque alla fine lui non aveva studiato né legge né altro.

«No?» aveva detto Bianca sorpresa.

Puliva i pennelli in piedi, in controluce, con i capelli scappati da un fermaglio a forma di pesciolino. Era rivolta verso di lui e lo guardava.

Lui capì di essere ancora sotto esame.

«No. Non sono laureato e in realtà mi dispiace. Non lo sa quasi nessuno, ma è una cosa precisa, che sta lì nell'aria e può essere acchiappata e ben assestata da chi ne ha l'interesse. E poi sento un piccolo malessere dentro, che non so chiamare per nome. Un dispiacere che porta con sé la paura di incontrare chi parli di qualcosa che dovrei conoscere per il lavoro, ad esempio.»

«È un po' da adolescenti pensare di dover sapere tutto!» Bianca aveva riso con simpatia. Era bello e vero quel raccontare di lui. Lo seguiva senza sospetto nel suo nuovo parlare più semplice. E a lei piaceva fidarsi. Allentare il controllo. Come un tuffo nell'acqua amica. Le piaceva quell'uomo che amava i suoi disegni, li ricordava uno a uno, li allineava e li riconosceva come tessere della sua vita. Sentirlo raccontare le dava una gioia d'infanzia e una promessa di qualcosa che non aveva ancora conosciuto ma esisteva, lei lo sapeva.

Si era avvicinata. Lui le aveva tolto i pennelli di mano e li aveva appoggiati per terra vicino alla poltrona. Poi le aveva preso le mani restando seduto e aveva incrociato le dita con le sue come un gioco fra bambini.

Bianca era rimasta ferma. Dalle finestre aperte entrava un principio di temporale.

«Domani ti accompagno a vedere un'autrice» aveva detto lei. Solo per dire qualcosa e rallentare quel che capitava.

«Quale?»

«Una di quelle che forse non conosci e dovresti.»

Lui l'aveva guardata.

«A Venezia» aveva detto Bianca. «C'è una mostra a Palazzo Fortuny. Ci sono le opere della Sulamith Wülfing. Non a tutti piace ma a conoscerla non si può non amarla.»

«Tu sei un mondo» aveva detto invece lui senza lasciarle le mani.

«È un'artista tedesca della seconda metà del Novecento.»

«Stasera resto qui» aveva detto lui, allungando la mano verso il fiocco.

30

«Dov'è?» chiese Claire.

«A Venezia» rispose Costanza visto che era l'unica a saperlo e visto che nessun altro aveva alzato gli occhi dallo schermo del computer.

«Con lei?»

«Con lei.»

«Di giorno?»

«Di giorno.»

«Ci deve tenere un sacco.»

«Non ha ancora il contratto.»

Anche Costanza non aveva inclinazione a pentirsi e di sicuro non aveva molte occasioni per esercitarsi. Quel che in altri poteva chiamarsi calcolo o perfidia in lei era limpidissima arte al servizio dell'azienda e non chiedeva pentimento. Però sapeva riconoscere quando sbagliava e quella mattina se ne accorse subito.

«Deve tenerci molto perciò» ripeté Claire. «Non ci ha mostrato i disegni. Come sono?»

«Belli. Un po' originali.» Il tono era liscio liscio. Troppo liscio.

«Potrebbe anche essere innamorato, giusto?» A parlare era stato Valentino, due scrivanie più in là.

«Di se stesso, sempre.» Claire rideva ma le venne male.

«Allora forse non ci è ancora andato a letto» rispose Valentino.

«O non le ha ancora saccheggiato l'anima» disse Claire.

Erano tutti fuori tono.

«Sempre abrasiva. Tu ti avveleni» disse Valentino.

«Eravamo perfetti io e lui. Quasi non sappiamo cosa sia l'anima.»

31

«Andiamo a Venezia» lo aveva ripetuto Bianca più tardi quella notte. Erano nella stanza di lei. Bianca come il suo nome, la sua pelle, i suoi capelli chiarissimi.

Le pareti, il soffitto, il pavimento di pietra, i mobili laccati. Tutto era bianco. A mezza altezza sulle quattro pareti una fila orizzontale di piccoli ritratti quadrati, miniature quasi. Erano gatti. Ogni quadretto un gatto in posa. Col nome. Gatti a china. Nerone era tutto scuro, Centouno era a pois, come un dalmata dall'identità incerta, Pavoncello era sulle punte come una ballerina. Una galleria che lui non aveva ancora esplorato, ma l'aveva vista.

«Un incanto» aveva detto. Era vero, e poi a lei piaceva quell'espressione. Lui se n'era accorto e la riproponeva con giusta misura.

Nella stanza il colore era affidato a un bel vaso di ortensie blu, una pianta di roselline rosa in un cache-pot rosso, un colpo d'occhio. Notevole. E poi c'erano i gerani sul poggiolo del balcone, un tripudio di rossi anche quelli, moltiplicati dallo specchio a tutta altezza della parete di fronte. Quando erano entrati, appena dopo che Gabriele era ripartito con zia Beatrice, un tocco di clacson dal garage, sempre di fretta la zia, quando erano entrati il tramonto giocava con le trasparenze dei petali e dallo specchio inondava di luce la stanza, luce rosa che si corrispondeva di parete in parete.

«Andiamo a Venezia» aveva ripetuto Bianca per la seconda volta.

E lui aveva risposto di sì.

Bianca era distesa nella posizione in cui lui l'aveva amata, le gambe un poco aperte, la testa sul cuscino rovesciata un poco indietro, gli occhi chiusi, quell'aureola improbabile di capelli senza disciplina, le mani lungo il corpo, le dita leggermente allargate, le palme appoggiate al materasso. Tutto diceva una confidenza totale, più ancora di quella appena vissuta. Era qualcosa per cui non era attrezzato. Qualcosa di nuovo per lui, che praticava senza finzione l'arte dell'allontanarsi dalla scena appena possibile.

Steso su un fianco vicino a lei, ne percorreva con le dita il corpo, disegnava curve e tracciava linee che tornavano su se stesse per non finire. La pelle di Bianca si increspava al tocco, lui la vedeva in controluce tornare poi liscia, quasi confusa col bianco delle tende che si muovevano sullo sfondo, confusa con la luce del giorno estivo che finiva.

«Gabriele?» chiese.

«Domani? Da mia sorella.»

*

Erano andati in treno. A lui non sarebbe mai venuto in mente. Il treno lo guida un altro. Lui non lo sopportava. E non sopportava di non essere in ufficio di giorno. E detestava Venezia. In treno a Venezia ci andava da piccolo con la tata, quando i suoi decidevano di voler «restare tranquilli». Lui lo sapeva e anche per questo odiava Venezia e anche i treni. In treno lui fantasticava su cosa facessero i genitori «tutto il giorno». Qualcosa di cui cercava le tracce nelle settimane successive in un foglio fuori posto o in un oggetto dimenticato. Mai niente.

Con sua sorpresa in treno Bianca non aveva smesso di parlare un momento. Come se la notte trascorsa insieme avesse cambiato i loro due mondi, diventati uno solo, comune in ogni sua parte, in cui il mescolarsi delle confidenze diventava normale, respiro della vita nuova appena iniziata.

Non aveva nemmeno il coraggio di formulare per intero questi pensieri tanto gli davano un disagio profondo. Però poteva essere qualcosa di più semplice. Forse per Bianca il percorso fra le due città della sua vita era una terra di mezzo in cui le regole di prudenza venivano sospese mentre il trabalzare tranquillo dei vagoni la faceva incantare di tanto in tanto, lo sguardo che seguiva l'alternarsi dei campi e delle brutte architetture di paese. Ma poi si scuoteva e ricominciava.

«Quando è nato Gabriele mia sorella Beatrice ha detto non ti preoccupare, tu finisci l'Accademia, ci siamo io e papà. Si sono trasferiti a Venezia, la mamma se n'era già andata, per sempre andata. Beatrice aveva appena finito la specializzazione, papà lontano dagli amici e dalla sua città si è dedicato a noi. Gabriele è cresciuto in un appartamento alla fondamenta di Cannaregio, il martellare dei vaporetti e lo *sciaff* delle onde gli hanno fatto compagnia fin da piccolo. Il riflesso del sole rimandato dalle acque si muoveva sul soffitto e lui alzava le manine per afferrarlo. E inarcava il corpo per arrivare a prenderlo. Più tardi ha imparato a saltare. Prima sulla culla, poi sul pavimento di legno. I vicini sotto di noi protestavano perché tremavano i lampadari del loro salotto. A Venezia tutto trema oppure ondeggia. Gabriele ha imparato a saltare prima che a camminare e gli è rimasto questo modo di muoversi. Dovrebbe fare danza, mi dicono, ma ha l'asma e gli piace coltivare i fiori.»

«Dipinge anche Gabriele?» chiese lui approfittando di una pausa. Voleva anche arginare quell'onda di tante parole tanto personali.

«No. Coltiva felci, te l'ha detto. Ma potrebbe essere un modo per compiacermi senza entrare in competizione. In realtà lui ha un bel tratto. Quando legge un libro riempie gli spazi bianchi delle pagine con mondi fantastici. Insetti dalle corazze con decori barocchi, gatti, topolini, cince, e poi mostriciattoli, montagne, caverne, cantine. Le cantine e le soffitte sono veri mondi. Disegna tavoli rosi dai tarli, ragnatele che velano il soffitto di travi rovinate dal tempo, vecchi fiaschi di vino con la paglia sfilacciata, una corda corta con un nodo mezzo disfatto e così via. Non si sa dove prenda queste immagini perché non abbiamo né cantina né soffitta. Ma solo quando è occupato in altro si permette di disegnare. Non so mai se dar peso a questo e fargli i complimenti quando i disegni sono particolarmente belli oppure se far finta di non vederli per lasciarlo libero di non opporsi al suo talento.»

«È un gioco facile, lo capirebbe» disse lui.

«A volte sopravvalutiamo i bambini. Un po' ci cascano, nei nostri piccoli inganni, soprattutto se vengono da chi li ama.» Gli sorrise. «Ci caschiamo anche noi grandi nelle trappole. Anche con chi non ci ama.»

Lui non disse niente. Non gli venne in mente niente.

«Quando ho finito l'Accademia mio padre ha detto che qui la casa ci aspettava. Troppo dolore a Venezia, ha detto. Parlava di sé e di me e del mio seduttore, lui lo chiamava così, con questo nome letterario, il seduttore. Per Beatrice era lo stesso fare il medico là o qua. Poi ha incontrato Silvano e si è sposata in pochi mesi.» Sorrise. «Papà è morto tre anni fa ma ha avuto il tempo di disegnare per Gabriele i trompe l'oeil.»

«Allora sono suoi!» disse lui.

«Gabriele aveva quattro anni e gli mancava l'acqua, piangeva. Era diventato triste tutto d'un colpo. Gli è venuta l'asma. Così lo abbiamo circondato d'acqua. Io le fontane. Mio padre i muri. Era molto vecchio, si era sposato tardi e quando ai giardini incontrava qualcuno che gli chiedeva di Gabriele rispondeva che lui era il bisnonno. Non ha avuto una vita facile. È morto sereno come è vissuto.»

Lui non parlò. Di nuovo Bianca raccontava. Era una sorpresa, un bisogno la prendeva e non serviva chiedere.

«La guerra. La famiglia di mio padre ha portato in salvo i bambini dopo le leggi razziali. Lui aveva dieci anni e ha ricordato sempre ogni cosa, come ci si ricorda quando quel che è capitato è una vita regalata dopo la paura. Ci raccontava le vallate svizzere come una bella favola. Non voleva consegnarci ricordi cattivi ma so che è stato ferito durante la fuga. Zoppicava leggermente e di questo non raccontava. Ha cambiato case e paesi. So i nomi e i cognomi di chi lo ha nascosto e aiutato. Abbiamo spedito auguri di buon anno a tutti loro finché sono stati vivi, con le firme di noi figlie. Un rito di gratitudine. Quando fu chiaro che la guerra stava per finire tornò in città. Aveva diciassette anni ma ne dimostrava di più. Fu nascosto da un prete della chiesa di San Giorgio che lo trovò a vagare sotto i bombardamenti. La chiesa era colpita e nessuno li cercò mai in quel che restava delle sue mura protettive. Ma ogni tanto di sera scappava a vedere la casa, a Santa Caterina, vestito da prete, la tonaca troppo corta e il passo sbalzellante e troppo svelto dei ragazzi alti e lunghi, come quello di Gabriele. Guardava la casa chiusa, ancora in piedi. I bombardamenti la risparmiavano. Un dono di Dio, raccontava.»

«Era credente?»

«Un poco. Quel che bastava per non sentirsi solo. Dopo la morte della mamma un poco di più. Per rivederla. Non è possibile che l'amore finisca, diceva, non è possibile. È come aver creato un pezzetto di eternità con i nostri corpi e il corpo è più potente dell'anima perché l'anima è troppo delicata, diceva delicata, e si corrompe di malinconia e di rimorsi, invece il corpo li aggiusta i rimorsi, allunghi la mano nel letto e lei c'è, malata ma c'è e quando le stringi la mano perché sta per partire senti come hai sentito nelle notti d'amore che non finisce, ti porta con sé e tu la porti con te e verrà il momento in cui quel pezzetto di eterno diventerà pane che mangeremo di nuovo insieme, acqua in cui nuoteremo, parole che ci racconteremo. Diceva queste cose a Gabriele. Raccontava a lui perché ascoltassi io. E io lo ascoltavo dalla mia stanza con i libri aperti o i pennelli sospesi che si seccavano.»

Bianca piangeva senza essere triste. Per esubero di ricordi. E anche lui in effetti era commosso e non sapeva cosa dire. Evitava le donne che piangono e quando piangevano per lui procurava di trovarsi lontano.

«Era un poeta» disse alla fine lui.

«Era allegro, diceva tutto questo con un'allegria dentro. Faceva ceramiche d'arte.»

«Ceramiche d'arte! Forse le conosco allora!»

«Proprio no, non le firmava. Lavorava soprattutto per la Francia. Pochi negozi ben collocati. Amava la Francia ma la mamma non aveva voluto mai lasciare la città anche se avrebbe avuto tutte le ragioni per farlo.»

«Ecco perché Gabriele parla il francese.»

«Sì. Il nonno gli parlava sempre in francese.»

«E ci viveva d'arte?»

«Molto bene. Il forno era nel giardino della casa, dietro.»

«E la serra di Gabriele? Pensavo fosse piccolo il giardino del giuggiolo. Sarei curioso di vederlo. Dev'essere un incanto.»

«Queste vecchie case sono nate senza un disegno. Un poco alla volta hanno conquistato cortili dismessi e tettoie crollate. Dietro è più grande di quel che sembra.»

«Cosa c'è oltre la serra?»

«L'abbiamo trasformato. C'è un giardino, lo chiama così Gabriele, con esagerazione un po' infantile. L'ho progettato da sola. Un quadrato di prato verde incorniciato da un bordo di pietra, un piccolo gioco d'acqua intorno a tre sassi, tutto qua. Gabriele ha bisogno di sentire il suono dell'acqua. Intorno ai sassi l'acqua si insegue e si sente appena. La fontanella davanti alla casa ha uno zampillo, come dire, più tradizionale. Il suono dell'acqua si sente in tutte le stanze.»

«Questa notte non l'ho sentito.» Era un'osservazione inutilmente scortese. Bianca fece per dire qualcosa e rinunciò.

«Ma lo posso immaginare adesso» disse lui. «Per come lo racconti lo immagino. E le attrezzature di tuo padre?»

«Vendute. Insieme a tutte le sue opere. Nel primo periodo in cui ha abitato a Venezia con noi ha venduto le opere. Non c'era bisogno ma era una forma di libertà che lui aveva. Libertà dalle cose. Ha continuato a lavorare, quando poteva, e ogni tanto tornava in città una settimana per la cottura. Erano vasi, servizi di piatti, ciotole, alzate per la frutta. Noi non sappiamo più cosa sono le alzate per la frutta, ma gli alberghi francesi le cercano per i buffet della prima colazione. Erano una meraviglia. Alla fine ha venduto l'attrezzatura.»

«Non è rimasto proprio niente?»

Lei non rispose.

«In città stiamo bene. Non è un cerchio chiuso. È una nuova vita per noi. Gli amici di papà non ci sono più. La città è stretta ma per Gabriele va bene. C'è zia Beatrice e ci sono i cugini.»

Lui non parlò.

«Contro le previsioni dei dottori, la mamma è rimasta con noi molto a lungo, mentre tutto accadeva. Era come una preghiera necessaria. Non c'era più quando è nato Gabriele ma è come se avesse saputo che sarebbe capitato. Una storia così simile alla sua. Le parole che non capivo adesso le capisco. L'amore non è nebbia. Capita di vedere solo il nostro desiderio. Ti sembrerà di poter morire. E poi c'è la Patagonia.»

«Ascolto ma non capisco. Mi sembra qualcosa di sacro quel che dici.» Era sincero. Quella confidenza era insieme inquietante e seducente. Gli entrava dentro suo malgrado.

«Io non posso cadere» ripeté Bianca.

«Non potrà capitare mai» rispose lui.

Lei lo guardò in silenzio.

32

Non aveva finito e lui aspettava e non sapeva se prevalesse l'inquietudine o la curiosità.

«Restare in piedi è tutto, ma non si può far tutto da soli. Io ho Beatrice.»

Lui si accorse che il corpo di lei dondolava leggermente. Il busto non era rigido contro il sedile, ma un poco staccato in avanti, per poter assecondare i movimenti del treno, pensò. Ma non erano del treno, era un dialogo fra le parole e il corpo, un aderire di sé alle parole che diceva.

«Beatrice non è figlia di mio padre.»

Lo guardò con un'ombra di dubbio negli occhi.

«È una storiaccia che si ricorda ancora in città. Il maestro del coro della Cattedrale. Furono molte le bambine coinvolte. Mia madre era un po' meno bambina e lo stesso non capì cosa capitava al suo corpo che non voleva lasciare spazio a una nuova vita inimmaginata.»

Si fermò. Bianca guardava l'alternarsi senza grazia e disegno di campi e case fuori dal finestrino del treno. Le costruzioni che esibivano negli intonaci malamente accostati o sovrapposti gli interventi successivi, per il matrimonio di un figlio o la vecchiaia confinata di un genitore. Nessun progetto. Il brutto aggiunto al brutto.

«Cercava di stare dentro i vestiti, tratteneva il respiro, non capiva quale serpe le si muovesse nella pancia. Non sapeva pensare quel che sentiva e ancora meno parlarne. Non mangiò più. Passò i mesi a buttare il cibo di nascosto e a sentirsi in colpa di farlo. A desiderare che nessuno vedesse e a odiare tutti perché non vedevano. Alla fine era solo ossa e pancia. Così mi raccontava. Ossa e pancia. E ancora nessuno vedeva. Poi il direttore del coro fu scoperto con due bambine sulle ginocchia. Scoppiò lo scandalo e la pancia di mia madre ne fu parte importante. Le fu spiegato che era peggio di un serpente quel suo ospite da chissadove entrato. Sarebbe stato vergogna perpetua perché lei era troppo grande per essere vittima davvero. A quindici anni si può dire di no, le gridò addosso il mondo intero.»

Bianca parlava piano, con una voce faticosa che non era la sua quasi.

«Me lo ha raccontato tante volte mia madre. A me bambina che non sapevo capire. E forse per capire ho dovuto vivere come lei l'inganno, nel corpo perché c'è un capire con il corpo e non ci sono scorciatoie possibili. Lei raccontava. So che non ti salverà prima, diceva, ma ti aiuterà dopo. Un solco è stato il suo racconto. Un solco da percorrere. Sentire tutto il suo dolore di donna ingannata e lasciata precipitare prima che potesse vedere il suo giorno è stato per me un atto d'amore. Follia vero?»

Lui capì che era inutile opporsi.

«Non so. Ma è facile ascoltarti. Parlami ancora» la invitò. Una donna gli aveva detto questa frase una sera in cui lui parlava, parlava e l'altra non diceva niente. Una bella frase che aveva calmato il suo principio di rabbia per quel silenzio che sembrava disinteresse. Da allora la usava, con misura.

«Il resto è più allegro. Quando il mostro nella pancia si presentò nella forma di mia sorella Beatrice mia madre se ne innamorò. E un uomo si innamorò di mia madre e di quel suo amore metà di madre e metà di sorella. Era un uomo già grande e fu un padre e marito splendido. Mio padre.»

33

La verità era che qualcosa del raccontare di Bianca lo metteva a disagio. Un disturbo lontano, come un fastidio di ragnatela che arriva sul viso.

Intanto cominciò a piovere. Lui odiava la pioggia quanto e più di Venezia. Sul ponte della Libertà il treno aveva rallentato via via e poi si era bloccato. La pioggia si rovesciava così violenta contro i vetri dei finestrini che non si distingueva il mare dal cielo. Solo i fari delle auto si intravedevano, quasi ferme anche loro sulla strada parallela alla ferrovia, le luci tremule un poco strisciate per il movimento lento. Bianca guardava tutta quell'acqua con dentro un ricordo, era chiaro che vedeva qualcosa di diverso dal grigio del giorno.

«Mia madre amava la pioggia. I temporali estivi sui vetri semitrasparenti delle vetrate di casa. L'acqua le portava gli odori e i colori della vita fuori. Voleva le finestre aperte, le tende ben ferme ai lati, fissate dai fiocchi di velluto con le frange, voleva sentire lo spolverio delle gocce sul balcone, sul viso lo voleva sentire, e sulle mani. Alla fine aveva le goccioline sulle palpebre, come una coroncina di diamanti le dicevo. E lei si asciugava gli occhi con la mano che ancora le obbediva, la destra, un bel gesto che prendeva anche la fronte. Somigliava a un voler cacciare i pensieri. Poi mi diceva di chiudere le imposte e stavamo al buio senza parlare. Mio padre lo sapeva e non entrava mai durante i temporali. Era fra me e lei.»

Si fermò un momento.

«Era così da sempre. Lei è sempre stata malata che io ricordi.»

A Venezia la pioggia cadeva ancora più forte e continuò per tutto il giorno. Le sirene avevano suonato l'acqua alta. Dalla borsa di lei era uscito un paio di stivali di gomma. Ci aveva infilato dentro i pantaloni bianchi e camminava veloce un po' piegata in avanti per contrastare il vento. In piazza San Marco i turisti si muovevano come birilli maldestri dentro gli impermeabili gialli e rossi appena comprati da venditori che sempre spuntavano un attimo prima della marea. Le passerelle erano arrivate quando non servivano più. Lui era fradicio e controllava il pessimo umore commentando ogni vetrina di vestiti con indulgenza innaturale. Lei era evidentemente felice.

34

Lo portò in giro per Venezia seguendo un personale ordine di importanza dei luoghi e dei ricordi, avanti e indietro per calli e ponti, sottoporteghi e campielli. Un su e giù con la pioggia che frustava, resa quasi intollerabile dalla violenza del vento. Lui non si orientava a Venezia, non capiva dove fossero, era un'impotenza indecente quel doverla seguire senza sapere dove. Passarono più volte sul ponte dell'Accademia. La prima volta Bianca gli raccontò che usciva dalle lezioni con i suoi disegni e il blocco a fogli bianchi da schizzi e si fermava in campo San Vidal, per non tornare subito a casa. Lì spesso disegnava, scomoda sui gradini di pietra del piccolo ponte Giustinian e qualche turista le chiedeva di vendere il disegno a cui lavorava. «Ma solo perché i turisti a Venezia comprano qualsiasi cosa» disse Bianca, e lui non la smentì. Davanti a loro un immenso bagolaro allargava il suo fogliame scuro, alto sopra il muro che chiudeva il giardino di Palazzo Cavalli-Franchetti.

Poi, dopo un passaggio fino alla Libreria Toletta dove Bianca raccontò che andava a guardare, così disse, a sfogliare i libri d'arte, e a decidere quale avrebbe comprato più avanti, per il piacere di desiderarlo, ritornarono al ponte dell'Accademia. La pioggia lasciava appena intuire le cupole gonfie della Madonna della Salute ma proprio lì sopra Bianca volle raccontargli dei pomeriggi trascorsi alla Collezione Guggenheim. Bianca ci andava all'epoca della storia col suo professore, si sedeva fuori e dal piccolo giardino guardava l'acqua e prendeva l'ultima luce del giorno che un poco scacciava l'odore di chiuso, di polvere e di vecchiaia che lui le lasciava addosso. Sapeva che non era amore quello, disse. Eppure qualcosa di quell'attenzione malsana la teneva legata. Lui aveva l'arte di farla sentire qualcuno. Un potere, un vero potere che conosceva la domanda del suo corpo.

Questo Bianca gli disse ferma in cima al ponte dell'Accademia, con la pioggia che lo tormentava da tutte le direzioni. Il disagio lo rendeva furioso. Non rispose e Bianca scambiò il silenzio per partecipazione.

Arrivarono infine in campo San Beneto. Bianca lo portò proprio al centro dove il pozzo chiuso faceva una bella macchia chiara nel grigio delle case tutto intorno. Anche la facciata di Palazzo Fortuny si confondeva con la pioggia. Di Palazzo Fortuny lui aveva un ricordo di freddo e muffa. La tata lo riteneva una delle tappe raccomandate quando andavano a Venezia e siccome ci andavano sempre con la buona stagione ogni volta che entravano gli sembrava di entrare nella bocca dell'orco, umidiccia da fiato gelido. Ma ormai il fastidio per la pioggia era così insopportabile che fu contento di entrare.

Era una mostra delle opere di Sulamith Wülfing, che in realtà lui conosceva abbastanza come autrice piena di talento e di visione, perfetta nella sovrabbondanza di tutto, tratto, colore, simbolismo. Non gli piacevano però le fanciulle-fate dagli occhi immensi. Le trovava esagerate e anche inquietanti. Ma a Bianca non l'aveva detto. Lei lo portò a vedere i disegni di due gabbiani impeccabili che volavano intorno a una nave, il bianco delle ali illuminato dal candido della punta delle remiganti ripreso dal candido delle piumette intorno al becco e sulla punta della coda e poi la leggerezza sorprendente del grosso corpo di una farfalla notturna resa incanto da un gioco di linee che diventava arabesco senza perdere il naturalismo.

«Come noi» disse Bianca, «nella bellezza di quel che facciamo portiamo il nostro corpo dove non sappiamo immaginare prima, eppure rimane nostro, siamo noi.»

Poi gli fece vedere alcuni disegni fra quelli che lui pensava di conoscere meglio, le creature celesti, angeli o fate, che in forma di fiamma, spesso in trinità e a semicerchio, proteggono un bambino o una luce. Gli fece sentire la forza di quei tratti curvi, morbidi, che erano veli, capelli, vestiti, luci, decorazioni di stoffe, mani lunghe ed eleganti fatte per accarezzare. Bianca parlava pianissimo ma gli altri visitatori intorno si muovevano ancora più piano o erano fermi immobili per ascoltare. Lei non se ne accorgeva ma la guardavano tutti, anche lui che dimenticò la pioggia per quel tempo, e pensò è straordinaria, non la devo perdere, e insieme sentì un dolore ben conficcato dentro, per quello che Bianca diceva, quel mondo di affetti senza misura e prudenza, per quel mondo di sentimenti in cui lei si muoveva e per il quale lui non aveva sensi adatti, né parole.

Fuori Bianca riprese il camminare forsennato. Ogni tanto lui alzava gli occhi a leggere qualche nome di luogo. Quando fu in calle dei Fabbri pensò di essersi perso del tutto, invece in fondo a calle Bembo lo spettro del ponte di Rialto, fantasma dietro una cortina di vento e pioggia, lo ricollocò abbastanza vicino alla stazione. E invece no, si ritrovò ancora a seguirla in campo San Leonardo, poi in campo San Bortolomio, con al centro la statua di Goldoni inconsultamente allegro sotto il diluvio, poi in sosta davanti al memoriale della cacciata degli ebrei in campo de Ghetto Novo. Una follia senza senso, tutto quel camminare sotto la pioggia.

Solo alla fine della giornata, che a lui sembrò non finire mai, sulla strada del ritorno verso la stazione, Bianca lo accompagnò alla sua casa di Venezia, alla fondamenta di Cannaregio, in un palazzo che disegnava l'angolo con calle delle Chioverette.

Di nuovo fermi in mezzo alla bufera, i piedi immersi in mezzo metro d'acqua, Bianca gli raccontò che Gabriele voleva quell'odore di acqua, di sale, di alghe, di vita e di vita ormai finita che i canali gli mandavano dal balcone.

Bianca raccontava e un poco piangeva insieme alla pioggia.

Lui fece finta di non vedere. Non avrebbe saputo cosa dire. Un'overdose di verità. Troppa intimità. Doveva chiudere appena possibile, appena firmati i contratti, pensò. In treno fece finta di addormentarsi.

35

Bianca se ne accorse quando era già capitato. Si era trattato di un'occupazione silenziosa. Alzarsi e sapere di averlo avuto compagno nei sogni nella notte, ritrovarlo nel gesto di allungare la mano per prendere lo zucchero a colazione, e ricordare che al ristorante lui l'aveva anticipata, glielo aveva passato con un movimento elegante, per niente affrettato, sembrava avere visto un attimo prima la sua intenzione di prenderlo.

«Ma leggi nel pensiero?» gli aveva chiesto.

«Vuol dire che mi permetti di farlo» aveva risposto lui.

E trovarlo sullo sfondo di tutto quel che faceva. Una giacca indossata perché gli sarebbe piaciuta, un disegno avviato per farglielo vedere, un fiore acquistato perché lo notasse. E lo notava.

«Non la conosco» aveva detto sfiorando una piccola pianta dai rami a forma di fuoco d'artificio, coperti di lucide foglioline tonde e allineate.

«*Pellaea rotundifolia*» aveva detto Bianca. «È delicata, le piacerebbe una piccola nicchia gocciolante ma si accontenta di qualche doccia settimanale!»

«Anche il nome è bello» aveva risposto lui.

Qualcosa che aveva già conosciuto e quella volta le aveva tagliato l'anima in due. Esistere quando lui chiamava. Sprofondare quando tardava. Morire quando spariva. Sembrava sparire.

Ma lui non spariva questa volta. C'era. Graziealcielo, come c'era.

36

Lui sbagliava qualche volta, ma con misura.

Non gli era mai capitato di non riuscire a recuperare un errore. A parte Luneta e le altre due, a voler ricordare e farsi del male. Ma erano malate, con ogni evidenza erano malate di loro. Per questo gli era scivolata di mano la chiusura delle storie. Ma in generale quel che le donne giudicavano errori oppure addirittura offese, erano strategia che gli veniva ormai quasi senza nessuna programmazione. Arte perfetta fatta di avvicinamenti, silenzi, assenze, ritorni.

«Non ti ho chiamata perché ero sommerso dal lavoro. Adesso sono così stanco che non mi reggo. Ma so che tu capisci.» «Una scadenza anticipata. Un impegno non procrastinabile.» «Devo sostituire Valentino all'ultimo minuto. Con cinque figlie ce n'è sempre una ammalata. No no, niente di grave, ma ha la febbre alta. È proprio un favore.» «Questa sera urge finire un lavoro. Ma ti sento vicina. Ti chiamo domani, domani mattina.» «Non sono riuscito proprio. Una mattinata d'inferno. Ma io so che tu mi capisci. Volevo chiamarti ma ho pensato, lei mi capisce, non serve che le telefoni.»

37

Tutto il suo potere era affidato alla parola. Un incanto. Sempre quelle giuste, mai barocche, esagerate, eccessive, forse a volte un poco retoriche ma non troppo. No no. Sempre sull'orlo di quel traboccare oltre ma non traboccavano mai. Promettevano di farlo ogni secondo e alla promessa erano aggrappati i desideri di chi lo ascoltava. Donne soprattutto, perché a loro si rivolgeva soprattutto. E però c'erano anche uomini. Perché di potere ne aveva tanto tanto, e tanto dipendeva dalle parole. Dava più dolore che gioia, molto più dolore. Ma tutti intorno a lui speravano la gioia che le parole promettevano. Perché qualche volta, improvvisa, inattesa, sovrabbondante, arrivava.

Era potente lui. Potenza che si sapeva e come il nome di Dio non andava nominata. Non occorreva nominarla.

L'abilità era di tutta una vita. Istintiva, e anche di studio. Parlava e si ascoltava e vedeva come le parole andavano a buon fine, sfioravano il desiderio di lei, non molto diverso per ciascuna, in fondo era quello, essere viste, uniche loro agli occhi suoi, di qualcuno, questo bastava e lui lo sapeva. Talvolta ripeteva al momento giusto le parole che avevano avuto più magia, alternando il brio e la gravità.

Sapeva spingere in là il loro sentirsi riconosciute. Le faceva un po' volare. Non troppo. Non era la notte il suo porto. Era l'anima, tutta l'anima nelle mani sue. Anche il corpo, ogni corpo era un nuovo che si scopriva per lui, e così scivolavano i giorni e le notti, sì le notti, e la vita era altamente tollerabile, così.

38

«Dovrebbe smetterla» disse sottovoce Giulia. Attraverso il vetro vedeva lui e Bianca vicini, piegati su un disegno appoggiato sul tavolo. Lui parlava e muoveva le mani accanto alle sue, senza sfiorarla mai. Arrivava vicinissimo, le passava l'angolo del foglio che guardavano, ma non la toccava.

Giulia abbassò lo sguardo sul piccolo annaffiatoio che aveva in mano e lasciò cadere con prudenza qualche goccia sul *Pothos* che stava sulla scrivania di Claire. I rami leggeri e pieni arrivavano quasi fino a terra. Era una varietà chiarissima, le foglie trasparenti facevano un bel contrasto con il nero del tavolo.

Non erano preparate a quell'invasione di piante arrivate tutte insieme un pomeriggio. Lui non aveva chiesto il loro parere. Era entrato un garden designer, così si era definito. Altro stile rispetto al garbato fioraio dell'Antica fioreria. Aveva i pantaloni a scacchi gialli e arancioni e i capelli drittissimi tagliati a gradini. «Green Hair» aveva detto rispondendo agli sguardi di tutti ficcati sul ciuffo verde che ricadeva sull'occhio e sull'orecchio destro. «Ho anche il pollice ma non si vede così bene!» E aveva scosso la testa con energia scompaginando per un momento la scultura a gradini e accostando il pollice verde in tono con i capelli. «Body advertising» aveva riso.

Aveva preso appunti su un tablet fucsia, misurato la distanza fra il tavolo di Claire e la finestra una quantità di volte, accucciato a un palmo dalle sue gambe abbronzate tutto l'anno e che un gonnellino minuscolo a piccole pieghe lasciava del tutto godere. Era sparito lanciando un «Ciao ragazze» nell'aria.

«Che cafone» aveva detto Giulia a sorpresa, rivolta a Valentino.

«Troppo impegno con la gonna di Claire» aveva riso Valentino.

Il giorno dopo era tornato con due ragazzi che erano andati avanti e indietro portando piante per ogni scrivania dell'ufficio.

Quando un secondo *Ficus benjamin* monumentale era stato collocato nell'angolo fra le due vetrate a sud Claire era scoppiata: «Dio, vi pagano a peso? E chi le cura queste? Ce n'è già uno qui, non vede?»

«Ci è stato assegnato un budget, e siamo stati onesti, siamo molto lontani dall'averlo esaurito.» Faceva l'offeso ma non troppo.

In realtà c'era un contratto di manutenzione. Ma fra un intervento e l'altro Giulia si prendeva cura delle piante, come in quel momento.

«Dopo essere state qui, poi volano» disse Costanza che aveva ascoltato esattamente come Giulia voleva.

«Sì. Giù dal ponte.» Le era scappato, sapeva di non doverlo mai dire. Ma le era scappato.

«Era malata. Era malata di mente da prima.» Costanza aveva sollevato la testa dai fogli che riordinava e anche la voce, per farsi ascoltare. Poi si alzò in piedi e guardò negli occhi le ragazze. Anche Giulia si alzò in tutto il suo metro e cinquanta tacchi compresi. Si trovava proprio di fronte a lei.

«Anche la bella Luneta? Come Serenella e Albertina? Le sceglie dal reparto psichiatrico per non dover sentirsi in colpa?» Giulia incollò lo sguardo sugli occhiali di Costanza.

«Hai fatto ancora indagini.»

«Esatto.»

«Due son belle vive, l'ho detto, non ti preoccupare. È che non bisogna mai aprire varchi ai fiumi, non si sa dove arriva l'acqua.» Non era chiaro se si riferiva a quel che lui aveva fatto, di sicuro si riferiva a Giulia che aveva aperto l'argomento. E di sicuro la metafora del fiume era disgraziata.

«Giulia cara, tu che fai i contratti, quanto dura quello di manutenzione delle piante?» chiese Claire motteggiando in modo fastidioso.

«Tre mesi.»

«Ecco appunto.» Claire era trionfante.

«Alla fine se la vogliono» concluse Costanza con tono conciliante.

39

Si era divertito. Molti disastri li aveva sfiorati, ma evitati. Alcuni li aveva combinati. Con l'età era diventato più prudente ma non ancora abbastanza. La verità era che un poco si innamorava. Si doveva innamorare. Tutte queste vite diverse, che non sapevano il loro valore. Gli piaceva farle nascere. Essere con loro nei giorni in cui si scoprivano importanti e diventavano nuove per questo. Si sentiva ogni volta più grande. Non aveva mai pensato di sposarne una. Spesso la mattina quando si svegliava e si trovava nel letto la donna del momento non vedeva l'ora che se ne andasse. Gli veniva il pensiero che potessero cominciare a litigare, che l'energia perfetta della nuova storia si frantumasse nel composto calco funebre di un serale ritrovarsi con rituali feroci o freddi.

Si alzava e faceva rumore, preparava il caffè. Qualche volta lei lo prendeva per una gentilezza, una romanticheria, e allora la cosa diventava scivolosa. E cominciava a chiudere.

Una alla volta, comunque. E spesso per periodi lunghi. Quel farle fiorire chiedeva tempo. Non gli piaceva l'immagine del fiorire. Troppo barocca e però gli veniva suo malgrado. Era vero che lui aveva dentro un che di eccessivo che governava bene nel lavoro ma non sempre nei pensieri e a volte anche le parole erano eccessive rispetto a quel che avrebbe voluto ma questo non sembrava un problema per le donne. Una donna gli aveva detto che parlava in modo antico. E che le piaceva. Da allora aveva spigolato con metodo tutte le parole che producevano una sorpresa capace di lusingare.

«Solo un angelo ti può salvare» l'aveva rimproverato Costanza il giorno dopo la storia di Luneta.

Nessuna simpatia per la piccola Luneta nelle parole di Costanza. E nessun senso di colpa in lui. Se l'era voluta, che cosa si aspettava, che se la tenesse a vita? Le aveva ben dato quel che voleva. Un nome e non è poco. Avrebbe potuto spendere l'esperienza professionale fatta con lui. Sapeva che l'avevano cercata da Milano, da una galleria d'arte. Un bel colpo aver lavorato nel suo studio. Nessuna simpatia, solo che un suicidio è un suicidio e qualcuno l'avrebbe potuto collegare a lui. Li avevano visti dietro la Villa ai Nani, al ristorante Due calibri, alla vernice dello studio Ghelli. E queste erano solo le chiacchiere arrivate a Costanza. Lui non nascondeva le sue compagne, anche se non le esibiva. Che si sapesse della loro esistenza era necessario all'immagine, una volta Costanza lo aveva detto. Ma senza strafare, anche questo aveva detto. Semplicemente lui le allineava. Una sequenza ordinata, mai insieme, mai mescolare le cose, mai bugie. A ciascuna poteva dire tutto di quel momento della sua vita, in tutta verità. Verità. La verità era quella che diceva alle donne. La stessa a tutte le donne. Però in fila, mai mescolare.

«Un angelo» aveva ripetuto Costanza quella volta di Luneta, appoggiando posta e cartelle sul suo tavolo con un'energia eccessiva.

Lui aveva cambiato l'espressione seria in una smorfia, per il cattivo gusto dell'immagine soprattutto. Gli angeli avevano imperversato in certi anni che lui chiamava «post-Sistina», sbagliando in questo caso, ma nessuno osava correggerlo. Il restauro della Cappella Sistina, diceva, aveva liberato schiere di tremende creature angeliche d'ogni peso e dagli sguardi canini. In realtà non era stata la Sistina, e non erano di Michelangelo i faccioni leziosi circonfusi di piume che lui detestava. Ma che gli angeli avessero improvvisamente invaso il mondo era vero.

Erano passati dalle cartoline alle gomme per cancellare ai foulard, orrendi foulard, riteneva, alle magliette da bancarelle e infine anche alla fotografia di moda. Un artista, artista appunto, aveva appiccicato a tutte le sue modelle delle immense ali fatte di piume. Così tante che non sarebbero bastate le oche di San Martino. Il biasimo non era stato abbastanza universale, perché c'era una moda degli angeli e parlarne male sembrava un po' sacrilego. Lui non aveva niente nelle sue collezioni che ricordasse gli angeli. E comunque anche la storia di Luneta era finita. Per un po' era uscito a cena solo con Costanza.

Si intendevano proprio bene. Ed era stato fortunato. Sui giornali locali nessuno aveva collegato la morte di Luneta al suo nome. Proprio fortunato.

40

«È successo qualcosa a Gabriele?»

Bianca appoggiò il pennello. Aveva davanti a sé sul cavalletto una tela grande su cui una serie di linee orizzontali e verticali lasciavano già intuire il profilo basso dei Magazzini dell'Arsenale. Un nuovo quadro veneziano, il terzo dopo il viaggio a Venezia con lui, tutti immersi nella bufera di acqua e vento nella quale si erano spostati a fatica durante il giorno, come dentro una immensa tinozza.

Beatrice era arrivata all'improvviso, senza rumore entrata dalle scale del garage. Non c'era Gabriele con lei e Bianca si era spaventata.

«No, no. È a casa con i bambini. Li dirige mentre sbaccellano fagioli. Ci sono fagioli fin dentro i letti. Da ridere. I gatti li fanno rotolare sul pavimento. Sono qui per te, voglio parlarti.»

«Io?»

«Quest'uomo è un dongiovanni.»

«Lo so.»

«Ci sono donne morte per lui.»

«Oh!» Bianca fece un lungo respiro, a trovare l'aria e le parole. «Tanto tempo fa» disse infine.

«Allora lo sai.»
«Sì.»
«Te lo ha raccontato lui?»
«No.»
«L'ultima ha lasciato marito e tre figli per lui. Stanno tutti raccogliendo i cocci.»
«Eva, lo so. Questo a raccontarmelo sei stata tu.»
«Esatto.»
Bianca era in piedi davanti la finestra che dava sul giardino. Beatrice non poteva vedere il viso, così in controluce.
Si spostò di fronte. Bianca non la stava ascoltando. Non nel senso di capire davvero le parole e la loro importanza.
«Siediti e parliamo» le disse.
«Non serve.»
«Troppo avanti le cose?»
«Lui si sta innamorando.»
«Tu, di sicuro. Lui no.»
«Si sta innamorando.»
«Almeno un po' devono innamorarsi, altrimenti non funziona.»
«Gli piacciono i miei disegni.»
«Nessuno resta per questo. Resta finché non è sicuro di averli.»
«Vuoi dire che nessuno si può davvero innamorare di me?»
«Dico che lui non può innamorarsi di te.»
«Perché?»

«Perché non lo ha mai fatto, non si è fermato davanti a niente, ha bisogno ogni giorno di sapere di esistere nell'adorazione degli altri, di chi gli dice sei unico, sei un signore, sei grande, sei bravo, sei, sei, sei.»

«Si cambia. Nella vita si cambia. Anch'io sono cambiata. Sono diventata più avvertita, so capire quando è solo potere o quando è forse amore.»

«Forse.»

«Non c'è niente più del forse, in amore. Che cosa sai di domani, o fra dieci anni o venti?»

«C'è chi non riesce a vivere niente di diverso dall'inganno e chi non riesce a vederlo. Questo è un inganno. Lui è un inganno. Lui è incapace, incapace. Ti ha detto che ti ama?»

Bianca si girò e fissò Beatrice negli occhi.

«No? Vedi, non te lo dice, non lo dice mai. Dice che sei unica, che i disegni sono splendidi, che un futuro vi aspetta. Ma non dice ti amo. Cosa ci vuole a dirlo se è vero, se ti ama? Non lo dice, non lo dice mai.»

41

Qualche giorno dopo la gita a Venezia, al rientro dalla pausa del pranzo trovarono il tavolo tondo del suo studio apparecchiato con una festa di vassoi carichi di macaron color pastello disposti a piramide, muffin al cioccolato, meringhe alle fragole e mattoncini di torrone al mascarpone. In uno spazio lasciato libero c'era la cartella del contratto.

C'erano fiori in vaso, nessun fiore reciso, vere piante che tutti si chiedevano dove sarebbero poi andate, a festa finita. Erano dentro portavasi neri e azzurri, alti, a forma di cono, quasi bracieri votivi che dal pavimento arrivavano alle scrivanie. Nessuno tranne Giulia, che abitava in campagna, avrebbe potuto dire il nome di uno di quei fiori. C'era la giusta quantità di bottiglie in ghiaccio, tovagliolini stampati a minuscoli mazzetti di erica bianca, tutto tranne che kitsch fu costretta ad ammettere Claire che considerò con disappunto doppio quell'apparecchio. Sia perché era per Bianca, di sicuro, voleva dire che i contratti erano chiusi con reciproca soddisfazione ovvero con esclusivo vantaggio di lui. Sia perché con quella colata di celeste il suo completo rosso stonava o comunque lei si sentiva stonata e questo bastava. Irrigidì le spalle e aspettò alla sua scrivania l'inizio della festa.

Lui arrivò con Bianca. Era vestita di chiaro, un completo di lino, pantaloni e giacca. Sandali, tracolla di stoffa a strisce sui toni del verde.

La fece entrare prima nell'open space che era diventato irriconoscibile rispetto a quando lei lo aveva visto la prima volta.

«Le piante sono un omaggio dell'azienda alla tua arte» disse. «Non avevo ancora trovato chi mi facesse davvero vedere la bellezza dei fiori. Ora ci sei.»

Poi festeggiarono nel suo ufficio.

Bianca ringraziò, chiamò per nome tutte le piante, non si commosse di trovare i suoi colori preferiti, ma era contenta, si vedeva che era contenta. Dell'azienda lui parlò quasi nulla, aveva l'aria di un felino già sazio, che sa ritirare a tempo giusto gli unghioni dentro zampe temibili ma non più minacciose.

Giulia prese in mano il contratto un momento prima della firma, lo controllò di nuovo pagina per pagina e lo presentò bello ordinato a Bianca che firmò su ciascun foglio, e così lui, subito di seguito, le due firme vicine.

Alla fine un po' di fiori dell'ufficio di lui finirono a casa di Bianca. Ciascuno di loro prese una pianta e la portò nella macchina di lui o di lei. In processione quasi solenne giù per quelle scale tetre come un pozzo. Costanza portò la plumbago che perse un paio di fiori celesti sulla soglia dell'ufficio, Valentino l'agatea bella compatta, una nuvola azzurra, Giulia una ciotola di aquilegia.

Claire si trovò ad afferrare un enorme vaso di non ti scordar di me che però lui le prese dalle mani e volle portare personalmente nell'auto di Bianca. Alla fine loro due se ne andarono insieme. Bianca che teneva bello stretto un vaso di ortensie così fiorito che i tralci le si piegavano a ogni passo. Claire li seguì con lo sguardo, in piedi sulla porta. Una piccola scia di petali azzurri e bianchi rimase sui gradini.

42

Più tardi nel pomeriggio lui suonò alla casa di Bianca. Apparve Gabriele sulla porta.

«*Tu es une merde*» disse a voce forte e chiara. C'era da far arrivare le parole fino al cancelletto, che il bambino non aveva aperto. La voce alta serviva.

«Cosa?»

«Sei uno stronzo.»

«Caspita. Bel linguaggio anche questo per un bambino di otto anni. Cos'è? Gelosia?»

Gabriele lo guardava e non faceva un passo verso il cancelletto.

«Hai paura che ti porti via la mamma? Non ho proprio l'intenzione, sapientino. È che lavoriamo insieme a un progetto importante.»

«Esatto.»

«Cosa?»

«Tu vuoi i suoi disegni.»

«Non solo!»

«Esatto.»

«Voglio dire che è una bella persona, con cui si sta bene ed è facile diventare amici.»

Erano un concentrato di espressioni che usava Bianca

e si pentì subito di averle usate. Doveva controllare il fastidio per quel bambino che riusciva a farlo scoprire. Lo faceva essere peggiore di quel che fosse. O forse lo faceva essere quel che era.

«Tu sei uno che ruba. Rubi anche le parole.»

«Non rubo niente. È venuta lei da me.»

«Non c'entra. Tu non sei buono.»

«Puoi cambiare idea. Credo che se mi conoscerai meglio potrai cambiare idea.»

«No.»

Il bambino lo guardava senza paura, con una ostilità che faceva pensare a qualcosa di estraneo, una durezza adulta, vecchia quasi.

«E perché diavolo me lo hai detto in francese?» chiese lui in modo inconsulto.

La risposta gli arrivò che il bambino già gli voltava le spalle: «Mio nonno le cose importanti le diceva in francese».

Si fermò un istante.

«*Et puis c'est plus élégant.*»

E chiuse la porta dietro di sé.

43

Allora la sera, più tardi, la cercò in piscina. Sapeva che Bianca ci sarebbe andata con Gabriele e voleva farle la sorpresa che non era riuscita nel pomeriggio e anche capire se la conversazione con il bambino venisse da qualcosa che non sapeva. Il contratto firmato gli dava una contentezza che controllava ma in modo discontinuo.

Aveva un'inquietudine. Lei non era stata abbastanza leggera. La firma del contratto era il momento in cui si ricomponeva un quadro pieno di potenza. Lui riconosceva nelle persone che portava nel suo studio quel senso di nascere proprio allora quando lui che le aveva volute, proprio loro fra centinaia, le aveva prese e lasciate più volte, prima, fatte aspettare, uccise e risorte, aveva risposto misurando tempi e parole, lasciato intendere di poter promettere, esercitato silenzi, riprese le parole, quando lui alla fine, potente come in effetti era, diceva sì, il contratto è pronto e loro nascevano nuove dalle loro ceneri della paura. Una stagione tutta per loro. Un foulard, una carta. E riconosceva lo sguardo di chi comincia a sognare da solo. Il punto massimo del suo potere era quello. Dio che crea. Poi si sa che la creatura si rivolta al suo creatore. E bisognava cominciare a cercare altrove. Altre creature ugualmente infedeli. Bianca invece aveva dovuto inseguirla. Poi alla fine le cose erano partite. Ma lei non aveva avuto quello sguardo di nuova creatura. Niente di simile alla gioia di nascere. Il successo non la interessava abbastanza. Era contenta di qualcosa che lui temeva. Che non voleva.

Era un contratto di esclusiva per dieci anni. Fiori, legni, pietre.

Non comprendeva la serie dell'acqua, dei boschi, delle nuvole e chissà cosa altro che lui non aveva ancora visto. Ci aveva provato con discrezione ad avere di più. Ma Bianca aveva detto che no, che preferiva vedere quel che sarebbe successo. E alla fine anche lui era più contento così. Contento no, forse un poco sollevato. Per l'azienda l'esclusiva su tutto sarebbe stata l'Eldorado e la pietra filosofale messi insieme ma anche un impegno perpetuo su qualcosa che era sì bellissimo però il mondo è bizzarro, pensò proprio bizzarro, la parola di Bianca. In fondo se, per dire, una crisi importante fosse arrivata, il trash costa meno e addio a quella piccola rete diffusa, disseminata, come diceva Costanza, di cartolerie, librerie, negozi di oggettistica di qualità che rappresentava un bel percento del loro fatturato. Già molto era capitato e insomma, così forse era meglio.

Non ci andava da quando era bambino in piscina. L'odore del cloro gli riportò l'immagine della tata che lo accompagnava inesorabilmente due volte alla settimana. Odiava l'acqua e non aveva mai imparato a nuotare come avrebbe dovuto. Detestava le orecchie bagnate dentro, come diceva da piccolo, la pelle ispida di gallina che i brividi gli scatenavano, il colpo d'acqua sempre fredda sulla pancia quando entrava nella vasca, gli istruttori sadici che lo spingevano da dietro quando aveva paura. Uno lo aveva preso per un braccio e lanciato in mezzo alla corsia, dalla parte più profonda. Tanto i bambini sanno nuotare spontaneamente, aveva detto. Lui no e a momenti ci restava. Il cloro gli era arrivato al cervello quella volta, e aveva per sempre cancellato i neuroni deputati al coordinamento necessario a stare a galla. Lo aveva proclamato solennemente a tavola ai genitori, e con uguale solennità aveva detto che mai e poi mai avrebbe permesso all'acqua di ingiuriare ancora una volta le sue carni. Così aveva detto. E intanto aveva disegnato sua madre che affogava in un oceano piatto e impassibile aggrappandosi alle perle della sua collana dal filo doppio.

Invece la cosa era durata ancora svariati anni che lui aveva dimenticato nei dettagli ma quel tornare degli odori, calori, rumori della piscina gli si rovesciò addosso denso e cattivo e la nausea lo fece quasi cadere mentre cercava di arrivare a un posto libero sulla scalinata dove i genitori aspettavano i bambini impegnati nei corsi.

«È il caldo» disse sentenzioso uno dei pochi papà. «Deve spogliarsi se vuol restare qui dentro. Altrimenti chieda di salire in palestra, lì è più fresco.»

«La palestra dov'è? Si vede la piscina? E mi lasciano entrare? Io non sono abbonato.»

«Tutti i genitori dei bambini che fanno i corsi di nuoto possono entrare. Non lo sapeva? Basta che lo dica all'ingresso. Può usare le attrezzature. È gratis.»

Si era alzato senza ringraziare, irrazionalmente stizzito per aver avuto bisogno di un aiuto e reso più cattivo dal fastidio che gli arrivava dalla camicia appiccicata alla schiena per il caldo e dal pensiero che qualcuno ritenesse importante che per lui qualcosa fosse gratis. Comunque aveva seguito le indicazioni per la palestra. Su dalle scale si veniva indirizzati a sinistra verso una porta a vetri dove un po' di signore in orridi fuseaux viola e rosa e qualche signore in tenuta più professionale si impegnavano con fervore a sudare, ridicolo visto che la stagione provvedeva da sé. O almeno questo pensò lui mentre entrava. Odiava anche le palestre, il sudore, la polvere che non si sa perché riempiva l'aria, odiava il colpo d'occhio a metà fra una sala di tortura bassomedievale e Star Trek e poi odiava l'inestetismo irredimibile della situazione.

Però era vero, capelli incollati ai crani, guance sfogonate e qualche ansimare scomposto, ma c'era meno caldo lassù e a giudicare dall'affollamento di padri e madri sugli attrezzi allineati lungo la parete a vetri, da lì si doveva vedere la piscina.

Aveva ancora ai piedi i sacchetti azzurri obbligatori per camminare al piano vasca ma nessuno si occupò di lui. In quell'orario la palestra era uno spazio non gestito. Chi voleva si sfiancava sugli attrezzi senza regole e personal trainer. Si appollaiò sull'unica cyclette con vista sulla piscina ancora libera, vicino a un tapis roulant. Non provò nemmeno a muovere i pedali. Cercò Bianca tra le figure che nuotavano nella piscina grande. E la vide, un costume bianco, la cuffia bianca. Facile da seguire.

«Sembra che stia ballando» pensò lui.

«Sembra un balletto, vero?»

A parlare era stato un ragazzo vicino a lui. Gli attribuì poco più di vent'anni. Era alto e abbronzato. I capelli neri corti. Si allenava sul tapis roulant con un bel passo ritmato da persona abituata. Non aveva neanche un po' di fiatone, gli occhi non si staccavano dalla figura di Bianca nella corsia di mezzo, quella dei nuotatori sicuri. Lei era sola.

«Ma dove sono i bambini?» chiese lui.

«Nella vasca piccola o in quella media, l'accesso è in fondo, vede la porta a vetri?»

«Ecco. E qui sotto invece gli adulti.»

«Anche i ragazzi, se sanno nuotare bene.»

«La conosci?»

Era chiaro che parlavano di Bianca.

«Magari. Viene tutti i mercoledì, qualche volta anche il lunedì. Sempre a quest'ora.»

«Ma...»

«Lei fa una danza nell'acqua. Vede? Alza il braccio destro ed entra nell'acqua senza violenza e pare quasi che l'acqua si sposti, un movimento che somiglia a quello delle ballerine vere.»

«Vere?»

«Quelle col tutù. Da teatro.»

«Ah!»

«Intanto l'altro braccio è a mezz'aria, un ritmo perfetto, non si scompone mai. E poi i piedi, li vede? affusolati, allineati. Non ci si stanca di guardare. Ha gambe così belle.»

«Ma viene sempre?»

«Non perderei una volta.»

«No, dico lei, la donna.»

«Non viene durante le vacanze di Natale e Pasqua e d'estate viene in modo irregolare.»

«Ma da quanto dura la storia?»

«Storia?»

«La tua, dico. Da quanto la tieni d'occhio?»

«Io non la tengo d'occhio. La amo.»

Lui fece il gesto di allontanare una zanzara.

«Oddio. E da quando?»

«Un anno esatto. L'ho vista da qui, era completamente sola nella corsia come stasera. Vede? E nuotava, su e giù. Senza fretta. Ho preso un colpo. La donna della mia vita, mi son detto. Nuotava avanti e indietro, così, amica dell'acqua.»

«Bella espressione» gli scappò di dire. «È da sola in corsia. Perché non ci va nessun altro?»

«Capita spesso. È qualcosa che gli altri fanno spontaneamente. Lei si muove come una regina. Vede? La rispettano. Come contemplare un quadro. Serve essere un po' lontani.»

Anche lui la guardava. Era esattamente come il ragazzo la descriveva. Amica dell'acqua. Una danza a due. Artista anche quando nuota, pensò. Era più bella in acqua.

In acqua era perfetta come i suoi disegni. Fuori aveva un che di adolescenziale. Non sapeva dove mettere le mani, ad esempio.

«E lei lo sa?»

«Cosa?»

«Che sei innamorato.»

«No.»

«Non le hai mai parlato?»

«No.»

«Sei un po' giovane per lei.»

«Io? Ventitré anni. Lei non ha età.»

Lui rise.

«L'amore non ha età, giusto?»

Lo prendeva in giro ma il ragazzo non coglieva.

«Devi essere un poeta.»

«Faccio il fabbro.»

«Il fabbro?»

«Sì. Ma scrivo anche.»

«Poesie?»

«Romanzi. Un romanzo. Pubblicato. Ma non riesco a farglielo sapere.»

«A lei?»

«Sì.»

«Pensi che cambierebbe qualcosa?»

«Sì.»

«E perché?»

«Perché saprebbe che esisto.»

«Lo saprebbe anche se ti presentassi come tutti i comuni innamorati!»

Il ragazzo lo guardò, le mani ai manubri, il passo ostinato e regolare.

«Lei che cosa fa qui?»

«Aspetto.»

«Suo figlio?»

«No, lei.»

«Lei chi?»

«Lei la sua bella.»

«La conosce!» Fermò il tapis roulant e si piazzò davanti a lui con un movimento veloce. Continuava a non essere sudato neanche un po'. Un bel fisico da fabbro, pensò lui.

«Hai studiato?» gli chiese.

«Sì. Perché? E come la conosce? Cosa fa? Qualche volta ha le dita sporche di colore, la incrocio mentre entra.»

«Dipinge. E cosa hai studiato?»

«Lingue. Inglese e tedesco. Mi sono laureato a Venezia. Dipinge e poi? Non si vive di quadri.»

«Anche tu di Venezia. È un assedio. Di quadri forse no ma di disegni sì se son belli, si vive di disegni. E perché fai il fabbro allora?»

«Perché mio papà è fabbro e fare il fabbro è un lavoro e intanto quando non ho lavoro scrivo. E lei come la conosce?»

«Le do lavoro.» Enormità, ma abbastanza vera da quella mattina. E non gli dispiaceva quel fiero crepitio di vanità.

Il ragazzo tornò a guardare Bianca.

«Ci va a letto?»
«Sì.»
«La sposa?»
«Oddio, proprio no.» Gli diede un fastidio tremendo che la sua voce lo tradisse, tradisse il ribrezzo. La domanda lo aveva fulminato.
«Non la ama allora.»
«L'amore mi pare una esagerazione.»
Era vestito bene, appena un po' ridicolo con le soprascarpe di plastica blu, ma era elegante di quell'eleganza da ricchi, che viene da un misto di vestiti di qualità e dalla sicurezza che la ricchezza dà.
«Quando la lascerà non le faccia male.»
Lui sentì il colpo. Quel ragazzino lo aveva letto in pochi minuti.
Gli venne voglia di essere cattivo e non fece alcuna fatica.
«Forse non la lascio. Solo che non la sposo.»
«Ma non la ama. Le farà del male prima o poi.»
«Non è ancora andata via?» chiese una bella ragazza con pantaloncini gialli e canotta a strisce blu che passava dal tapis roulant accanto a quello del ragazzo a una cyclette poco più in là.
«Ma lo sanno tutti qui che sei innamorato?» Parlava con uno sconosciuto e aveva raccontato più di quello che avesse raccontato a se stesso nelle ultime settimane. In che mondo era capitato.
«Come si fa a tenere nascosto un amore?» Il ragazzo

era tornato a guardare Bianca che, sola, percorreva la corsia, felice. Felice?

«È felice?» gli chiese.

«Felice? Anche la felicità è un'esagerazione. Lei disegna. Ha un figlio. Cammina. Le piace camminare in città.»

«In città dove?»

Ancora gli venne il piacere di essere perfido.

«In città.»

«E nuota» disse il ragazzo. «Io la amo.»

«Lo sappiamo, Lorenzo, lo sappiamo.» Aveva parlato la ragazza sulla cyclette e lui capì che lei amava Lorenzo. Ma Lorenzo amava Bianca. Forse Bianca amava lui. E lui proprio no. Amare no.

44

«*Tu es une petite merde.*»

«Lo hai già detto.»

«Sei uno stronzo.»

Gabriele lo ripeté tranquillo, a voce molto bassa, mentre sorrideva un poco manierato e questa volta gli apriva il cancelletto. Fece anche un ampio gesto di invito a entrare, da cavaliere medievale. Bianca sulla porta li guardava e non poteva sentire.

«Bel linguaggio» disse lui.

«Me lo ha insegnato il nonno. Pane al pane e *merde* alla *merde.*»

«Lo hai già detto.»

«Tu farai del male alla mamma» disse Gabriele a voce ancora più bassa.

«Anche tu? Ce l'ho scritto in fronte?»

«Peccato che non muori.»

E poi a voce alta e scandita chiese: «Mamma, dov'è?»

«In cucina, sulla poltrona.»

45

Poi tutto fu molto veloce. Era fine luglio ma nessuno e niente nell'azienda faceva pensare che le ferie fossero vicine. Ogni giorno quando Bianca arrivava trovava la scrivania di lui coperta di bozzetti di tutti i tipi. I suoi disegni diventavano carte da regalo, tende, stoffe per arredo, tappeti. Il fiore di passiflora nella sua versione più essenziale diventò una due tre venti varianti di una lampada con eleganti filamenti che erano stami e pistilli riletti da Giulia, Claire, ingaggiata comunque in nome del suo valore, o da Valentino. Sembrava che tutta l'azienda non avesse niente altro da fare se non occuparsi di lei e dei suoi lavori. Lui seguiva ogni cosa. La accompagnava a casa. Evitava Gabriele. La amava quando Gabriele era da zia Beatrice. Non c'era tempo per Venezia o altre escursioni imbarazzanti. Era nel suo ambiente, i ristoranti che conosceva, sui colli, le passeggiate notturne che aveva imparato a condurre lontano dal fiume.

«Ma fate di tutto?» chiese Bianca a Valentino un giorno in cui lui non c'era e l'aveva affidata «al suo più prezioso collaboratore senza il quale nulla di tutto ciò che abbiamo sarebbe in piedi», così aveva detto e lei lo aveva preso in giro per il linguaggio aulico.

Erano al Ristorante dei Servi, proprio di fronte allo studio che vedevano dall'altra parte della piazza dei Signori. Dal primo piano dove mangiavano si poteva osservare il movimento estivo della piazza. In mezzo, sotto il sole, c'erano solo i turisti, a fotografare la Basilica, le due colonne che chiudevano il lato est, il leone di San Marco appollaiato in cima a una colonna e il Redentore sull'altra, e poi il campanile, i piccioni, l'abbeveratoio rettangolare dei piccioni, il cielo basso della pianura veneta, le vetrine sotto il portico della Basilica. Tutto, a dispetto del sole che schiacciava le cose, tutto fotografavano, e si fotografavano l'un l'altro. Lui vicino alla colonna, lei vicino alla colonna, loro due vicino alla colonna, bastava trovare un altro turista fotografo di passaggio pronto a troncare mani e piedi, più preoccupato della piazza che dei soggetti.

«Non noi. Noi proponiamo idee e poi altri le comprano e le realizzano. Siamo creativi a tutto tondo, come ci piace dire.»

«Pensavo quasi più alle carte e agli oggetti quando ho scelto di venire da voi. Invece i vestiti vi impegnano così tanto tempo.»

«Ma no. La sfilata annuale è la nostra visibilità. Ma se vieni alla serata della prossima collezione vedi che non ci sono solo stilisti. Son due giorni di incontri con produttori di cancelleria, oggetti, lampade soprattutto, stamperie d'autore, produttori di stoffe da arredo. Noi non abbiamo molti clienti, ma fedeli. Un cliente in più vuol dire lavoro per anni. Marinella è bravissima a proporci e a selezionare clienti.»

«E i vestiti?»

«Le collezioni del prossimo anno sono già decise. Adesso facciamo circolare la novità che sei tu. Tra due anni presentiamo la prima collezione ispirata ai tuoi disegni. Intanto lavoriamo sul resto.»

«Il nome no, giusto?» disse Bianca spaventata.

«Mah! Possiamo cercare di essere riservati. Non diremo che sei tu anche se ci sarà un mare di curiosità e i giornali setacceranno le persone nuove invitate alla sfilata o quelle che girano intorno a lui, al capo. Non sono sicuro che potrai proteggerti. La città è piccola e di noi si parla molto.»

«Il capo. Lo chiamate così?»

«Io sì. Le ragazze lo chiamano per nome.»

«Maggiore intimità?» chiese Bianca.

«Per qualcuna» rispose Valentino. «Ma non so bene. Credo che ci sia un po' di leggenda su di lui.» Non voleva ferirla e non voleva dire il falso.

Le allungò il cestino del pane.

«Io non sono esperto di donne. Ho avuto cinque figlie dalla donna con cui pensavo di poter vivere l'intera vita. È in carcere per commercio di droga. Lo sai?»

«No.»

«Verrà fuori fra dieci anni. Non te lo hanno raccontato? Claire lo racconta a tutti. Non so se le bambine sono tutte mie e non voglio saperlo. Le adoro e basta. Anche le donne amo. Loro invece no. Nessuna.»

«Nessuna è troppo» sorrise Bianca. «E poi cosa vuol dire le donne? Le donne son così diverse. Forse ne frequenti un tipo particolare. Quelle del tuo ambiente di lavoro, forse, non so. Per questo ti pare che si somiglino nel loro essere lontane.»

«Amano chi non le ama» continuò lui come se non l'avesse sentita.

Bianca lo guardò e gli strinse la mano con una forza che lui non si aspettava.

«Il seduttore vuoi dire?»

«Sì, forse voglio dire il seduttore.»

«Non tutte.»

46

«Ti chiamo appena riesco. Sono sommerso» disse lui quando lei lo cercò al telefono perché non arrivava all'appuntamento. Era dispiaciuto, si sentiva.

«E stasera?» chiese Bianca.

«Certo. Credo di riuscire e intanto forse finisce di piovere. Costanza può far da sola stasera, si tratta di metterli a nanna. Sono arrivati i parigini. Sono di passaggio, non sapevamo niente. Ma voglio anticipare loro la *nostra* novità.»

Disse nostra con affetto. Di lui e di Bianca, voleva dire. Non dell'azienda o dell'ufficio. Di loro due.

«Ti chiamo più tardi e ci incontriamo fra le colonne di piazza dei Signori, appena vedo che posso.»

La pioggia si era trasformata in grandine così di schianto che Bianca aveva preso paura ai primi colpi sull'ombrello. La grandine scendeva accanita, veniva dalla sua destra, allineata, fitta, fredda. Bianca si era riparata sotto la Basilica del Palladio, dalla parte della Torre Bissara, benedicendo le architetture di portici e androni.

Da lì poteva vedere l'ufficio. Le luci erano accese per il temporale. Non poteva salire se c'erano i parigini. Non poteva farsi vedere perché avrebbero capito che era lei la novità dello studio.

«Peggio di così» aveva detto accanto a lei una signora arrivata di corsa e ansimante dalla piazza.

Era una signora abbondante, a Bianca venne in mente questa parola di suo padre. Lui la riferiva a tante cose, il pranzo, la pioggia, la corporatura. Era una parola che amava, sempre positiva in suo padre, in guerra aveva fatto il pieno di indigenze. La signora era arrivata saltando con agilità le pozzanghere, con eleganza quasi. Di acqua però ce n'era dappertutto e la signora non aveva l'ombrello per cui era zuppa. I fuseaux viola e la camicia rosa le stavano incollati senza pietà e le pieghe del busto e dei fianchi ne riuscivano plasticamente delineate.

«Peggio di così la grandine potrebbe essere più grossa» rispose Bianca sorridendo.

Era contenta. Sarebbero andati a cena più tardi e poi su verso Monte Berico, a passeggiare lungo viale Dante e, passando davanti al Redentore, giù fino alla Villa dei Nani. Sarebbe stato tutto bagnato, ma la pietra del selciato avrebbe brillato sotto le luci prudenti che dai muri dei palazzi scendevano sulla strada. E di sicuro non ci sarebbe stato nessuno. Non c'era mai nessuno. Lo sapeva perché ci andava la sera, anche con Gabriele quando non restava a dormire da Beatrice. Sua sorella diceva che era matta ma lei sapeva di essere al sicuro. Conosceva la sua città. Più si saliva su, più diventava curiosa, impicciona, pettegola. Lei sapeva il paradosso di quel colle sacro votato alla Madonna dove un santuario costruito con le offerte dei poveri vegliava ormai solo i palazzi dei ricchi, costruiti rispettando una gerarchia implicita del luogo, più in basso la borghesia ben munita, in cima la nobiltà che non ricordava più dove e quando aveva comprato lo stemma appeso, rubato, ricollocato nei palazzi ormai pronti per essere svenduti a gentili arricchiti.

Anche se non si vedeva quasi mai nessuno le anime morte che abitavano le case sotto cui lei passava non si perdevano un sospiro di quel che capitava in strada, e tutto finiva servito insieme ai piatti delle cene perbene apparecchiate con l'opulenza di chi crede che il mondo sia creato al proprio servizio.

Quella sera sarebbero andati ancora più giù fino alla Villa Rotonda, a guardarla dal basso, bella come un'apparizione. Poi la fatica di risalire la strada fino al Redentore e lui l'avrebbe presa sotto braccio come altre volte, per farla rallentare.

Lei lo avrebbe aiutato a risalire. Lui si affaticava in modo eccessivo rispetto all'età. Non era abituato all'esercizio fisico.

Era contenta e chiacchierò con la signora abbondante finché grandine e pioggia lasciarono il posto a un cielo ancora scuro sopra la piazza dei Signori. Era insegnante di yoga. Essere grassi non impedisce di fare yoga. Lo disse spontaneamente, doveva essere abituata all'obiezione. È uno dei tanti pregiudizi, disse. Faceva qualsiasi posizione, letteralmente qualsiasi. Il corpo obbedisce alla nostra felicità. Disse proprio così. Ci sono ragazzi e ragazze da cinquanta chili scarsi che non sanno fare un'asana da principianti. Ci mettono mesi, duri più di un tronco di noce. Certo certo, aveva uomini, donne, ragazzi, nel suo studio. Però preferiva le persone di mezza età. Hanno capito che bisogna cambiare, la vita è una, il corpo è uno, non se lo possono ricomprare come le macchine. È un vederli rinascere. È bello. Lei non aveva figli. Non erano arrivati e pazienza.

Venivano giovanissime incinte, nel suo studio. Le piaceva aiutarle a sentire il loro bambino. Avevano paura per i loro corpi così nuovi. Resterò larga? Il bambino si prende il mio sangue? Mi scenderà il seno? Erano belle, strette, chiuse. Non sanno niente del loro corpo. Solo tette e vagina. E ciccia. Terrorizzate dalla ciccia. Il bambino che le fa aumentare di peso diventa il nemico. Lei insegnava a sentirsi tutte intere.

Bianca capiva quel che voleva dire la signora abbondante. E sentiva di volerle bene per quel che diceva, di voler bene alla sua mamma che non aveva trovato una signora abbondante che le insegnasse ad amare il suo corpo, arca, baccello, vivo corpo di mamma bambina.

Lui non era arrivato nemmeno dopo che la grandine e poi la pioggia avevano finito di cadere. Bianca lo aveva aspettato, poi era andata al Ristorante dei Servi e aveva preso un pessimo tè. Poi aveva provato a chiamarlo. Non rispondeva. Aveva chiamato Costanza. Non rispondeva. Aveva provato il numero dell'ufficio. Non rispondeva nessuno. Del resto erano quasi le nove. Le luci dell'ufficio erano tutte accese ma forse avevano dimenticato di spegnerle.

47

Erano davvero arrivati i parigini come li chiamava Costanza. Li distingueva dai francesi. I primi erano infinitamente più importanti nella sua privata gerarchia dei clienti. Tutti vip ma diversamente vip. I parigini erano due stilisti. Lavoravano in coppia senza essere una coppia. Lei curava la collezione maschile, lui quella femminile. Compravano motivi per stoffe, una decina alla volta. Qualche volta ne utilizzavano solo uno o nemmeno quello ma acquistavano per sottrarre agli altri. Sicuri che il tema della loro collezione non avrebbe avuto fratelli e cugini. Arrivavano con piccoli preavvisi, solo loro due insieme a tre enormi valigie e due cappelliere, lei non usciva senza il cappello. La quarta valigia la compravano per il ritorno. A volte dovevano tornare in treno perché era impossibile caricare tutto in aereo. Di solito restavano tre giorni però le ore di lavoro erano un paio al pomeriggio e poi quelle delle cene. Per il resto del tempo c'era il rito dei mercatini dell'antiquariato. Controllavano i calendari dei mercati e quelli che cascavano nei giorni in cui arrivavano erano destinazioni obbligate. Non importava che fossero a duecento chilometri.

Lui e Costanza si dividevano perfettamente gli incarichi. Insieme nel momento della presentazione dei nuovi motivi, con le stoffe e i disegni ben ordinati sul tavolo nero dello studio, uno alla volta esaminati, via via scelti ed eliminati e poi definitivamente scelti all'ennesimo passaggio. Poi gli ospiti erano suoi. Lui li accompagnava all'albergo, li andava a riprendere, un ristorante diverso ogni volta, a meno che loro non richiedessero lo stesso di un certo incontro, là li raggiungeva la Claire di turno. Se non c'era, perché lui stava vivendo un intervallo, allora arrivava Costanza. Le cene più riuscite erano quelle in cui c'era Costanza. Con le altre donne c'era sempre un po' di tensione. O perché le cose stavano ancora all'inizio e allora la lei era sopra le righe. O perché c'era un sospetto di fine, e allora la lei era spaventata, o abrasiva, o peggio ancora, malinconica. Ma anche quando le cose stavano proprio al meglio era difficile. Troppa esuberanza. Troppa euforia.

Il rituale, donne comprese, piaceva ai parigini, e lui ai parigini teneva proprio molto.

Quella sera decise alla fine di accompagnarli lui come sempre.

Di portare Bianca con sé non ci pensò nemmeno.

Uscì per ultimo dall'ufficio e lasciò le luci accese. Pioveva ancora. Forse Bianca lo stava aspettando dall'altro lato della piazza.

«Tanto la pioggia le piace.» Sorrise mentre si avviava verso piazzetta Palladio.

48

Le telefonò a metà mattina, il giorno dopo.

«Ho visto le chiamate» disse. «Non ce l'ho fatta a rispondere ma ho pensato lei capisce, lei sa. Ero con i parigini. Ho deciso di andare a cena con loro per cominciare a mostrare una cartella delle tue, solo qualcosa, erano impazziti.»

«Quale?» chiese Bianca.

«Le linee dalla pietra. Solo sassi di fiume, grigio bianco. La borsetta e la cintura che proponi sono perfette per loro.»

«Sono solo accennate.»

«Un incanto. Come stai?»

«Bene.» Era vero, da quando lui aveva chiamato, la notte a sprofondare nella paura era lontana.

«Oggi sono tutto il giorno con loro. Adesso stanno in albergo e dormono, poi li porto a pranzare.»

«Sui colli?»

«No. A Venezia.»

«Venezia!»

Stavolta lui si era chiesto se invitarla come aveva fatto altre volte con altre donne, perché lei conosceva Venezia e questo poteva essere utile, ma si era risposto di no. No.

«Li porto alla Bricola Blu.»

Lei non disse niente.

«È solo un pranzo di lavoro. Poi li accompagno in aeroporto.»

A Bianca arrivò il sentimento che doveva vincere a volte di fronte a una pianta che non rispondeva alle cure. Un fastidio penoso che la tentava a rinunciare, sradicare la pianta e buttarla. Non c'era una regola, a volte resisteva alla tentazione, perché con la pianta avrebbe buttato anche il suo lavoro che sarebbe stato del tutto perso, a volte crollava, apriva il composter in fondo al giardino e via, terra e pianta, radici foglie e fiori.

Chiudere il telefono e via tutti, lui, progetti, Claire affilata come una foglia di papiro, Costanza fredda come una gelata a tradimento, Giulia segreta come un'*Impatiens sensitiva*, Valentino. Valentino.

Ma non lo faceva quasi mai. Lei le piante le guariva. Il composter era pieno quasi solo di erba sfalciata e fiori appassiti per vecchiaia.

«Buona giornata, oggi è limpido, dal campanile di San Marco puoi vedere le Alpi. Forse i parigini le hanno già viste.»

«Lei soffre di vertigini. Ha vomitato nell'ascensore strapieno la volta che ho provato a portarli su. Disgustoso. Ho pensato di perderli.»

«Perderli?»

«Come clienti.»

«Ecco. Allora buona giornata.»

«A te. E saluta il monello.»

«Perché monello?»

«Così.»

49

Avevano avuto un'altra discussione un giorno che lui aspettava Bianca fuori dalla porta della sua casa. Gabriele aveva detto che la mamma stava arrivando, ma non si era spostato di un passo e lui aveva dovuto restare fuori a cuocere in pieno sole.

«Hai visto sulla *Gazzetta* di ieri l'intervista in cui cominciamo ad annunciare le collezioni di carte realizzate dai disegni della mamma?»

«No.»

«Non li leggi i giornali, sapientino?»

«Non c'è niente per bambini dentro un giornale.»

«C'è il mondo. Non interessa il mondo a un bambino?»

«Il mondo è il tondo che percorro fino in fondo.»

«E questo cos'è?»

«Lo diceva il nonno. Vuol dire che vale solo quello che posso conoscere.»

«È la tua interpretazione? Non poteva essere solo un gioco?»

«No, lo diceva lui.»

«E perché no i giornali? Allargano il tondo, per dire. No?»

«Buoni per incartare il pesce il giorno dopo.»

«Cosa?»

«Lo diceva il nonno.»

«E sai cosa voleva dire, sapientino?» Era ironico ma si stava stufando. I bambini sono sempre un guaio, ripassò mentalmente la sua di massima.

«Sì. Che non vale la pena di perdere tempo a leggerli tanto scrivono cose che passano subito.»

«Tutto passa se è per questo. E allora?»

«Però non si incarta il pesce con le pagine dei libri.» E prima che lui potesse rispondere aggiunse: «E neanche con le tele dei quadri, o con i disegni».

«Dov'è?» chiese alla mamma quando Bianca arrivò dietro di lui.

«Dentro la scatola delle fotografie in camera tua. Sta arrivando zia Beatrice. Eccola. A domani.»

Lo baciò sulla fonte, chiuse la porta dall'esterno e uscì con lui, un saluto a sua sorella che scendeva con l'auto dalla rampa. Aveva un completo di lino bianco, pantaloni morbidi e giacca all'orientale, sandali verdemare. La borsa dei tulipani. I sandali la facevano quasi più alta di lui.

«È bella» pensò lui.

50

Un giorno lui glielo chiese.

«Posso vedere la sua camera?»

Bianca lo guardò incerta.

«Mi hai aperto la tua!» disse lui. Le teneva le mani sui fianchi e non andava via. Aveva deciso di non restare quella sera, e invece era ancora lì.

«È diverso. È la camera di Gabriele, non la mia.»

«È un bambino!»

«Appunto. Tocca ai grandi proteggerne il segreto.»

«Allora...»

«Va bene. Solo dalla porta.»

Lo precedeva sulle scale e lui guardava quel muoversi pieno di grazia. Era rassicurante, tranquilla. Gli piaceva e lo sapeva ormai.

I contratti erano firmati ma non aveva cominciato le manovre di allontanamento.

Costanza lo sorvegliava con una apprensione prudente.

A chi apriva la porta, la camera di Gabriele si presentava come una specie di sortilegio. Impensabile prima di averla vista. La porta era dipinta di bianco sul lato del corridoio e di blu denso, pastoso, opaco sul lato interno.

La prima impressione era di un posto buio. Dentro ci si trovava in un appartamento veneziano che dava da un lato su un campiello e dall'altro su un canale. Il trompe l'oeil sulla parete davanti era un affaccio sulla pietra di un campiello esagonale, al centro un pozzo chiuso circondato da un piccolo volo di piccioni e passeri fissati dal dipinto in situazioni piene di vita. Due passeri si contendevano una qualche briciola sul bordo del pozzo, testine e becchetti allineati al corpo nello slancio dell'impresa. Tre piccioni sulla vera del pozzo si spiumavano, uno dei tre aveva appena scosso le ali bagnate in qualche raccolta d'acqua e le gocce ancora sospese intercettavano la luce tutt'intorno. Un altro piccione era a terra accoccolato sulle zampe come per difendersi dal freddo. Intorno le case veneziane con balconi mezzi chiusi e davanzali dai vasi un poco sfioriti facevano pensare all'inverno mite dei carnevali. E infatti una manina infantile buttava da un balcone semiaperto un volo di coriandoli fissati a mezz'aria a perenne allegria.

«Un po' kitsch?» disse Bianca sorridendo nella penombra della stanza.

«È un capolavoro. Non ho mai visto niente di simile in vita mia.»

«Gabriele ha bisogno d'acqua.»

Si riferiva alla parete di fronte, il cui disegno incorniciava una grande porta finestra che diventava parte di un palazzo dalle finestre rettangolari e i vetri a cerchi piombati. Il dipinto riproduceva i riflessi colorati del vetro tremulo, quello che pare fare il verso al muoversi lento dell'acqua dei canali veneziani.

«Il chiaro della pietra rende meno scuro il disegno» disse Bianca che sembrava scusarsi per quella bizzarria.

«E il suono d'acqua?» chiese lui.

Bianca rise: «Una piccola fontanella zen, con ricircolo d'acqua, là nell'angolo sul tavolo da lavoro».

Era una piramide a gradini ma a tutto tondo per cui i gradini costruivano una spirale che guidava un piccolo scorrere d'acqua piatto.

«È un po'...»

«È solo un bambino e l'acqua gli dà equilibrio. Forse è un vezzo, ma innocente. L'ho comprata già così» disse Bianca come a scusarsi.

C'era un letto grande a due piazze a poca distanza dalla parete di destra sulla quale era rappresentato un canale, senza barche o bricole, solo acqua, riflessi di un palazzo sul canale.

«È la casa di Cannaregio, sì. Gabriele ha voluto il riflesso della casa di Cannaregio e mio padre l'ha fatto.»

Il resto della stanza era occupato da una cassettiera bianca, un grande specchio con cornice bianca, un tavolino e poi felci, ovunque felci di tutti i tipi. *Asplenium*, capelvenere, *Pellaea*. Un mondo di piante e acqua. La finestra aperta sul giardino del retro illuminava un piccolo paradiso.

51

«Ma dov'è cosa?»

«Come?»

«Ogni tanto tu o Gabriele chiedete dov'è? Dov'è cosa?»

«Quello! Il gatto.»

«Gatto?»

«Il gatto. Si nasconde sempre.»

«Ma un gatto... Gabriele è allergico.»

«Non al pelo di gatto. È allergico ai noccioli, agli ontani, alle betulle. Niente muffe e pelo di gatto.»

«Non l'ho mai visto.»

«Appunto. Si nasconde.»

«È il gatto del ritratto di bambina?»

«Sì. Nero. Si chiama Valet.»

«Valet. Nome bizzarro.»

«Bizzarro.»

«Scusa. Comunque bizzarro in questo caso è alquanto appropriato.»

«Adesso giochi al signore d'altri tempi.»

«Vecchio?»

«No. Un po' nobile. Di parole e d'animo.»

«Comunque vecchio.» Voleva sentirsi dire di no.

«No.»
«E adesso dov'è?»
«Cosa?»
«Valet. Ma chiamarlo così fa ridere.»
«Per questo non lo chiamiamo.»
«Certo che siete bizzarri!»
«Bizzarri.»

52

Per le parole lui aveva un suo segreto.

Le *raccoglieva*. Qua e là. Aveva una memoria per le parole. E frequentava le persone giuste, cioè le donne. Le donne parlano bene. Lo diceva sempre a tutte e loro erano contente e parlavano, attente a essere apprezzate. Poi le parole le ricordava, le faceva sue e le passava alla donna successiva. Tanto erano lontane. Quando arrivava la successiva, la prima non c'era più. Sparita. Morta qualche volta.

Ma perché pensava queste cose? Era seccato di pensarle.

Ripassava quel che doveva venir dopo, ecco.

Dopo c'erano le procedure di chiusura. Molto simili. Le varianti dipendevano dal carattere delle signore. Non trovava più il tempo per le cene. Non rispondeva al telefono perché era in riunione, o in un posto dove il telefono non prendeva. Rispondeva dopo giorni alle mail. Le faceva aspettare sotto l'acqua a un appuntamento. L'importante, lo aveva imparato dopo Luneta, era che si arrabbiassero. Le donne furiose non fanno cattive sorprese. Sparlano, scrivono mail velenose, ma non si buttano.

Con Bianca non riusciva a far partire la procedura.

C'era l'ironia sospesa di Claire. Claire si chiedeva se si fosse innamorato. Innamorato no, non più del minimo dovuto, solo il giusto per trovare le parole giuste, non sbagliare registro, avere il trasporto necessario. Ma sentiva un desiderio senza nome, come un bisogno di restare, trovare quella protezione dei disegni della Sulamith. Che erano bellezza pura, lo aveva capito a Venezia malgrado l'orrida pioggia. Quello che lui aveva pensato eccessivo nella Sulamith era invece il caldo confuso dell'amore. Confusione dei corpi, confusione con il mondo, l'universo. L'infinito.

Cosa stava pensando. Partito da una donna e arrivato a Dio. Suo padre rideva di Dio a tavola. Dio aveva la forma delle faide interne alle famiglie di antico cristiano pedigree che non si parlavano da sempre per motivi di soldi, di terre e di azioni. Puntigli sempre perdenti, lui lo sapeva per dritto e per rovescio. A metà della faida vendevano i palazzi per pagare suo padre e spesso anche sua madre. Una donna una volta gli aveva parlato di Dio. Ma non gli era piaciuto per niente. «Dio ti maledica» aveva detto quando aveva capito di essere stata lasciata. Erano parole vuote, ma lo avevano seccato. Bianca non credeva particolarmente in Dio e allora perché glielo ricordava?

Doveva lasciarla prima di un disastro che, anche quello, non riusciva a disegnare, a far uscire dalla consistenza di un presagio scaramantico.

Doveva lasciarla prima che qualcosa si corrompesse.

Prima che le foglie delle piante in ufficio appassissero.

Prima che tutto non fosse più così perfetto.

Prima che lei sapesse davvero di lui chi era.

Prima del disastro.

«Quando firmano i parigini?» chiese a Costanza.

«Ho i contratti pronti. Aspettiamo che si facciano vivi loro. Meglio non far pressione.»

«Perfetto.»

53

«E qualsiasi umiliazione il sogno ti abbia fatto patire, la vita è più grande del tuo dolore.»

Sua madre aveva stretto la sua mano bambina fino a farle scricchiolare le falangi mentre le diceva quelle parole.

«Perché i sogni fanno male, mamma?» aveva chiesto.

«Solo quelli che vanno troppo in alto. Come gli aquiloni quando il vento li strappa e poi cadono giù.»

54

Bianca gli aveva telefonato di entrare senza suonare. Avrebbe trovato il cancello e la porta aperti. Parlava sottovoce e a lui che chiedeva aveva risposto «Dopo».

Lui aveva camminato lentamente fino a casa sua. I pensieri rivolti al giorno successivo, quando avrebbe cominciato a non rispondere alle sue telefonate. Lo aveva già deciso un paio di volte nei giorni precedenti. Ma poi aveva risposto. Forse Claire aveva ragione, si era innamorato più del necessario. A volte era stato sul punto di lasciarlo accadere. Erano giovani e così perfette le donne che aveva avuto, perfette era la parola. Bianca non era perfetta. Faceva cose perfette. Gli aveva perfettamente regalato un futuro professionale in discesa, un'autostrada. Che orribile immagine pensò. Così poco adatta a Bianca.

Erano perfetti i pomeriggi in quella casa nel cuore della città eppure fuori dal mondo. Le musiche d'acqua di autori che non conosceva, Elgar, Rameau, Sciarrino, Vaughan Williams. Li aveva studiati dopo averli sentiti, sapeva parlarne un poco con lei.

Amava ormai anche lui Olivier Messiaen. La *Fête des belles eaux* era diventato il sottofondo delle sue giornate d'ufficio.

Poi c'erano i profumi dei colori che lei usava, gli oggetti, le ombre, il cortile segreto dove non lo aveva ancora portato. Tutto gli era entrato dentro e gli dava un desiderio che, alla fine doveva dirlo, voleva assecondare. Di vita nuova, di primo giorno della creazione, ma dalla parte della creatura, quando è sufficiente esistere. La guardava dopo l'amore, aveva imparato a lasciarla dal lato della finestra, il controluce del suo corpo era necessario quanto tutto il resto.

Tornava per tutto quello, quello che lei portava, che la circondava. Vita? Si poteva chiamare vita, una forma più larga, maestosa, piena. Abbondante vita in cui riposare. Era perfetto e allora doveva finire, prima. Prima che si corrompesse. Se lo ripeteva tutti i giorni da giorni. Solo quello che è stampato, dipinto, fissato, intagliato rimane perfetto. Nemmeno i vestiti rimanevano perfetti. Dopo la sfilata non li voleva più vedere. Nessuna orrida teca aziendale con vestiti dai colori sbiaditi e stoffe gualcite. Le fotografie, sì, con le modelle dentro. Perfetto era la sera della sfilata, il vestito indossato da corpi perfetti.

C'era poca strada per arrivare da Bianca. La percorreva automaticamente. Sarebbe andato in macchina volentieri, ma ci avrebbe messo di più, non c'era parcheggio e lei non gli aveva mai offerto di usare il suo garage. Camminando non avrebbe saputo dire le strade da cui passava, riconoscere un palazzo, dire il nome di una chiesa. Non vedeva niente di quel che incontrava. Non amava la sua città perché la conosceva troppo bene. O perché non sapeva che amare vuol dire prendere tutto insieme, il bene e il male, perdersi dentro contrade e cortili sempre nuovi di un nuovo balcone fiorito, di un profumo di edera autunnale? A piedi non si muoveva mai e quel giorno malediceva l'ultimo caldo dell'estate, la polvere, le scarpe che gli davano noia, la decisione che non sapeva prendere, la trappola in cui si sentiva imprigionato.

Un fastidio gli rallentò il passo. Aveva paura e non voleva avere paura. Paura di essere lasciato cadere. Lui lasciato cadere. Ma quando mai.

Intanto era arrivato. Il suono dei passi sulla ghiaia dell'ingresso gli diede una scossa. Poteva infine tornare indietro. Non lo fece e il fresco dell'ingresso lo accolse.

Bianca era seduta sulla poltrona gialla della sua stanza da lavoro. Era una poltrona larga, squadrata. Aveva in braccio Gabriele vestito solo con un paio di calzoncini. Il bambino dormiva con la bocca aperta e un respiro spezzato, come se potesse ricevere l'aria solo in più tempi. La testa appoggiata alla spalla di Bianca, i riccioli scuri confusi con i capelli di lei, chiarissimi, inafferrabili. I due visi si toccavano. Bianca teneva le braccia strette sul corpo di Gabriele, le mani nelle sue mani, le dita incrociate con le sue. Portava il camicione con i fiori di lillà, il fiocco slacciato dai movimenti del bambino. Si vedeva il seno un po' compresso da quel gioco di mani serrate.

Bianca aveva allungato le gambe nude sullo sgabello di fronte a lei e sosteneva quelle di Gabriele intrecciate alle sue.

L'aria gonfiava le tende davanti e anche in fondo, verso il giardino. Il giuggiolo dondolava i rami neri nel controluce del tramonto.

«Ha la febbre» sussurrò Bianca. «Una febbre estiva, niente di grave dice Beatrice.» E gli fece un cenno perché si sedesse.

Lui guardava quella maternità, immobile sulla porta. E di nuovo, per la seconda volta quel pomeriggio, gli arrivò qualcosa da lontano, ma qualcosa di tremendo, un male suo incurabile, la certezza di un male incurabile.

Che non sarebbe mai stato amato così.

Che non era mai stato amato così.

Si voltò e uscì. Chiuse la porta dietro di sé.

55

Bianca lo cercò con la determinazione di chi ha una storia da far valere per averla vissuta molto più di quanto si possa raccontare. C'erano le parole, sì, e poi le mani intrecciate mentre allineavano spontaneamente e per gioco i passi sul selciato di corso Palladio deserto, di notte, e poi sul ponte di San Michele, fermi al centro dell'arco perfetto, a guardare il brillare di qualche luce sull'acqua bassa e lenta, nessun rumore, solo un piccolo respirare di loro due, respirare piano per non disturbare il sonno della notte. C'era il battere i piedi nell'acqua salata di piazza San Marco, avanzare lento per vincerne la resistenza, i pantaloni bagnati, dentro gli stivali, incollati alle gambe, che lasciavano vedere, sotto, la biancheria blu, minuscola come le piaceva. E lui arrabbiato, tutta quell'acqua e non c'erano le passerelle per tempo, Venezia andava sott'acqua da secoli, possibile che ancora non si sapessero attrezzare? Ma poi lui aveva anche un poco riso dei suoi di pantaloni di lino *bagnato* bagnati davvero, altro che effetto bagnato, e anche quelli lasciavano vedere i boxer che si incollavano alle cosce, alla faccia dell'eleganza, aveva detto.

E sulla strada della Rotonda, in affanno lui, si era aggrappato a lei, che nuotava e nuotava, e il fiato non le mancava proprio, peccato che era caldo e non si vedeva il vapore del respiro, che si sarebbe mescolato in un unico respiro.

Ma poi si erano baciati quante volte baciati, il suono d'acqua che veniva dalla camera di Gabriele mescolato a quello del giardino sul retro e della fontanella davanti. Le finestre aperte, l'odore del falso gelsomino così forte che le tende ne conservavano il ricordo per tutta l'estate. E in lei era dolore che spaccava il respiro tornare a casa e sentirlo questo profumo, ormai suo, loro, della loro storia.

Lo cercò in ufficio, ma rispondeva Costanza col calore di un risponditore, no non c'era, via per qualche giorno, oppure Claire, fredda ma non troppo, e no, non c'era. Di Giulia non aveva il telefono personale. Aspettò un paio di giorni, passando all'ora che pensava giusta, per vedere se uscisse dall'ufficio, ma non usciva. Valentino era in vacanza, lo sapeva, con le bambine e non poteva aiutarla. O forse sì, ma forse lei non voleva sapere davvero.

Telefonò anche a lui naturalmente, ma il numero sembrava disattivato, chiuso, forse la scheda aveva galleggiato sul Bacchiglione per chilometri fino a che qualcosa di quel materiale misterioso di cui era fatta si era inzuppato, corroso o sfaldato ed era finita a luccicare il suo piccolo oro geometrico sul fondo del fiume, alla confluenza con il Brenta, e lì si era rimescolata con il fango, perduta per sempre. A quell'oggettino piatto, inconsistente, senza grazia era affidato il legame. Il sacro rito del parlarsi e dirsi ancora d'amore.

Non si vergognava perché sapeva di avere diritto almeno a una storia che finisce, anche se aveva pensato che quella storia non sarebbe finita. Finire un amore? Comunque aveva diritto a qualcosa di diverso da quell'essere lasciata cadere d'un colpo.

Che conosceva cielobenedetto, era così simile a quello che le aveva smezzato l'anima a vent'anni.

Non poteva essere uguale. Lei ricordava il confuso nero lasciare che il suo professore le stringesse da dietro la vita e la costringesse a cadere sulle ginocchia e poi lì nella poltrona flaccida di pelle nera dello studio, con l'odore di fumo impregnato che le si attaccava ai capelli, lasciare che lui frugasse dove lei nemmeno ben sapeva eppure le piaceva, non quello che provava, no, quello era solo male, dolore, le piaceva che il suo professore, le mani di lui che scolpivano pietre, troppo ruvide per la sua pelle le dita, le facevano male, le piaceva però che quelle mani proprio le forme sue accarezzassero, il suo corpo come le opere che lui scolpiva, e poi tutti ammiravano e dicevano che meraviglia, il maestro sa originare la vita dalla pietra. Dal corpo suo tutto lividi e battiture, alla fine, come le statue scolpite, una vita era venuta. Un miracolo.

Ma questa volta era stato tutto diverso, tutto. Non una parola di scortesia, non un gesto. Niente. Era amore. Doveva essere amore.

56

Poi viene il giorno in cui dici va bene, posso morire alla fine, lascio che questo male dilaghi dentro e avveleni il corpo insieme allo spirito, non gli metto l'argine della volontà, alla fine dov'è la volontà, né quello dell'etica, alla fine cos'è, parola, solo parola, né l'argine dell'altrui dolore, qualcuno c'è a camminare sia pure per poco o per sbaglio o illusione con noi, e però nemmeno il figlio, cielobenedetto, nemmeno il pensiero del figlio che rimane, a sprofondare nel vuoto di me perché io sono la terra sotto i suoi piedi, a volte straniera, a volte terra faticosa, ma terra e senza terra non si sa come camminare, come cammina il figlio, acrobata per altrui incompetenza, incompetenza a vivere io, sospeso lui, improvvisamente esperto di vuoti e forse cade, forse no, ma può cadere e così quanto male, quanto male arriva, ma nemmeno il pensiero suo sacro mi ferma troppo dolore il silenzio, l'assenza, l'essere lasciata precipitare per sempre, cadere cadere cadere cadere. Per sempre. Non esserci più e uccidere così il dolore.

57

Un annientamento di sé la occupò silenzioso. Strisciava tra i pennelli che non sapeva ritrovare della misura giusta quando li cercava senza più alcun interesse, perché l'iris bianco chiedeva il pennello a ventaglio per lo sfondo trasparente, e il bordo voleva il pennello corto. Ma l'annientamento si piazzava invisibile e infrangibile fra lei e il foglio. Il segno deviava, si storceva.

«Mamma?» la chiamava Gabriele quando Bianca col suo bel camicione da pittrice fissava per troppo tempo la tela o il foglio sul tavolo.

«Sì?» si scuoteva Bianca. «Sì, ci sono.» Si voltava verso di lui.

«Vuoi che facciamo il tè?» gli chiedeva.

«Lo abbiamo già preso.»

«È vero, che scema. Scusa.»

Un pomeriggio Gabriele andò in fondo alla stanza e aprì l'armadio bianco.

Prese i ritratti e li allineò appoggiandoli alle poltrone davanti a lei. Erano una famiglia.

«Mi fai un altro fratellino?»

«Un altro?»

«Sì. Un fratellino con i capelli rossi.»

«Perché rossi?»

«Diverso da tutta questa storia.»

«Non so se sono capace adesso. Ci vuole tanto tempo a dipingere un quadro.» Miserabile scusa, pensò. «E anche un po' di felicità» aggiunse e si pentì subito.

«Allora fammelo vero stavolta.»

58

Girava la città con energia costretta, un passo dietro l'altro e niente di quel che la circondava la sollevava. Ripassava i nomi delle piante e dei fiori che vedeva. Litanie del suo desiderio. Lauroceraso, lauroceraso, bosso, ligustro, lauroceraso, tutti uguali i giardini di città, una deutzia, cotoneaster, ortensia blu, tutti la vogliono blu, lavanda, filata, non la sanno potare, comprano le piante e le buttano lì, rododendro con le foglie giallastre, terreno acido ci vuole, è facile, gerani, pelargoni e parigini, gerani di tutti i tipi, con le foglie gialle, moribondi, neanche i gerani sanno coltivare in città. Sciatta scelta dei fiori. E poi le rose. Rami vuoti, spinosi, troncati senza grazia e neri. Le rose sono signore, vogliono cura. Tutte le persone vogliono cura. La vita vuole cura.

Non poteva essere tutto finito. Voleva dire riconoscere di essere come tutte e cioè nessuno, dopo aver saputo di essere unica.

Un artista è sempre unico, la mamma lo diceva quando lei le raccontava che la chiamavano Trilli come la Trilli di Peter Pan, per i suoi vestiti chiari, i fiori disegnati da lei bambina, con le biro, uno a uno sulle camicette, e i fiori colavano al primo lavaggio, finché la mamma le aveva fatto comprare i colori da stoffa. Lei era un'artista. Ma unica non era. Era una delle sue donne, uguale a tutte le altre che lui aveva preso e lasciato, uguale. Nessuna. E comunque va bene anche nessuna, ma con lui.

Anche gli alberi in città esibiscono l'egoismo nero dei loro proprietari. Tagliati i grandi pioppi di pianura perché i semi sporcano le strade ed entrano nelle case, sia mai che la vita non sappia stare al suo posto. Tagliati i platani, fanno cadere i rami e sia mai che la vita sia per caso rischiosa, e possa per caso finire. Castrati i tigli, sporcano due volte, prima con le foglie e poi con le samare. Tutte conifere, sempreverdi fuori posto, affollate in quadratini di giardino, decapitate e monche se per caso crescono troppo secondo la loro natura, sia mai che facciano ombra alle stoviglie del cucinino al secondo piano. E poi le *Lagerstroemie* mutilate ad alberello, contronatura, e sarebbero belle come un abbraccio largo verso il cielo.

E l'estate che moltiplica l'orrore. Le case chiuse per le vacanze e i giardini che muoiono sotto il sole. Perché tanto piove e la natura si arrangia. Niente si arrangia. Tutti e tutto hanno bisogno di cure.

Le bocche di leone. Belle, piene, perfette. Nessuno più ha le bocche di leone. Bianca alzò gli occhi. Era una casa vecchia di contra' Santi Apostoli. Era disabitata. Le bocche di leone rinascono ogni anno, dai semi dell'anno prima. Basta non disturbarle. C'erano anche a casa sua. Nel giardino segreto di cui lui sempre chiedeva. Una fitta la piegò.

Andava a casa passando da contra' Santa Chiara. C'era un vecchio bel palazzo, anche quello disabitato in tutti i tre piani tranne che per quattro finestre del sottotetto. Lì, nel deserto di una facciata grigia dalle imposte serrate e gli infissi arrugginiti, qualcuno coltivava una cascata di petunie gagliarde a dispetto del sole che picchiava forte là in alto. Erano fiori bianchi, viola e cardinale, su due livelli, un vaso lungo e stretto appoggiato sul davanzale e uno sostenuto a metà finestra da un portafiori di ferro che si nascondeva nel verde delle foglie. Ogni sera passava e guardava e pensava che là c'era vita, dove ci sono fiori curati c'è vita. Cento metri più avanti la struttura del monastero di San Tommaso diventato distretto militare, paradosso, ironia, fine di tutto, niente resta, niente. E più in là la chiesa di Santa Caterina con la lapide ai caduti della guerra, Grande orrida guerra, tutti giovani, rimasti nella traccia diligente di uno scalpello sulla pietra.

Bianca si fermava in silenzio sotto i balconi alti, fioriti, per afferrare una voce, se arrivava. O il profumo di un cibo preparato.

I sensi, i suoi sensi che la facevano sentire accompagnata nella vita, sempre accompagnata, dall'odore delle fresie che sua madre amava, davano il mal di testa a tutti, ma a lei e a sua madre no, e dal fior d'arancio, così lo chiamavano a casa, poi lei aveva scoperto che era il *Philadelphus*, con i rami come stelle cadenti, i fiori allineati in file parallele, accompagnata dal suono del vento che portava il fruscio dell'acqua di tutte le fontane, di tutti i fiumi e ruscelli, accompagnata dal colore della notte limpida d'inverno che lascia intuire i mondi oltre le trasparenze e dal freddo bagnato della nebbia, la sentiva arrivare dal basso, dalla terraferma e quando arrivava ai canali lei era già fuori ad aspettarla.

Ecco, i suoi sensi tacevano in coro.

Niente, camminava di sera, di notte, di mattina e tutto intorno le diceva che era sola sola sola.

59

Un giorno Bianca vide da lontano, dal fondo della piazza dei Signori che ormai evitava nei suoi vagabondari, un cartello giallo sulla porta dello studio. Si avvicinò. In ferie. Lo studio era chiuso. Così stava scritto. Fino a quando?

Era con Gabriele.

«Andiamo in piscina?» gli chiese senza staccare lo sguardo dal cartello.

«Sì» rispose il bambino. «Andiamo adesso.»

«Sì. Adesso.»

Si allontanarono. Bianca non si voltò. Aveva riconosciuto fortissimo il profumo di mirra, aloe e cedro di Claire. Nemmeno l'odore della piscina glielo tolse di dosso, e se lo portò dietro, fino a casa, sulle scale, in camera. Anche in camera sua.

60

«Ricorda questo Bianca. Indossa sempre qualcosa di azzurro. In memoria del cielo che manda la pioggia. In memoria di me.»

61

«L'hai lasciato qui?»

«Sì. In garage. È salito.»

«Lo hai visto salire?»

«Sì. Ha chiuso la porta giù e ho sentito i passi sulle scale. Poi ho sentito la porta su che sbatteva. La sbatte sempre. È il nostro segnale per farmi sapere che è entrato.»

«Questo quanto tempo fa?»

«Ho appena timbrato in ospedale. Dieci minuti, forse meno.»

«Non c'è.»

«Come non c'è? Sì che c'è. Dieci minuti fa era lì. Tu sei arrivata subito, giusto? Ci siamo telefonate che stavi arrivando.»

«Ero a piedi. Sono arrivata cinque minuti fa.»

«Allora non l'hai davvero cercato dappertutto. È in giardino, dietro.»

«Dappertutto. Chiamato. Urlato. È sparito.»

«I bagni?»

«Vuoti. Non c'è.»

«La serra. Sotto i banconi di legno. Si è sentito male, ha avuto una crisi respiratoria. Va' a cercarlo lì, subito!»

«Vuota. Ho guardato dappertutto. E anche la camera. La sua. La mia. Gli armadi. Lo studio. Non c'è.»

«Fuori?»

«Ho fatto il giro tre volte. Davanti e dietro.»

«Chiamo Silvano.»

«È a casa. L'ho chiamato io. Non sa niente.»

«Allora sta arrivando da te, giusto? Non può essere capitato niente. Son solo dieci minuti.»

«Non esce senza di me.» Bianca scandiva paure più che certezze.

«Lo so e invece l'ha fatto e gli è venuta una crisi di panico. Si è perso. Questo può essere successo. I bambini si mettono alla prova quando si sentono più sicuri di sé.»

«Quando vogliono scappare.»

«Scappare?»

«Non gli piaceva la storia del mio nuovo... lavoro.»

«Scemenze. Sono sensi di colpa perché esci con uno per la prima volta da sempre. Scemenze.»

«Me lo ha detto.»

«Scemenze. Gabriele sa dove ha lo studio lui?»

«Sì.»

«Allora è andato là. O ci ha provato e si è perso. Chiamalo.»

«Non posso.»

«E perché?»

«Lui non mi risponde. È finita.»

«Chiama i tuoi colleghi allo studio.»

«Nemmeno loro mi rispondono. Chiuso.»

Lo disse senza dolore. Improvvisamente non contava

nulla. Lui, la storia, i pensieri comuni, che aveva creduto comuni, il piegarsi in due per i suoi silenzi, niente, non contava niente.

«Cibo per cani» disse.

«Cosa?»

«Sai che rapiscono i bambini per farne cibo per cani?»

«Dio santo. Fa' quel che ti dico. Esci, vai alla farmacia e domanda aiuto. Io telefono alla polizia. È presto per farlo, sono sicura che tempo che arrivano Gabriele è tornato, ma lo faccio. Dico che è sparito da più tempo. Tu intanto fa' il giro del quartiere, insieme con qualcuno. Va' da quel cretino che non risponde. Anzi, ci mando Silvano. Alla fine è un ufficio. Devono pur ricevere le persone.»

«C'è un cartello che dice che è chiuso ma non è vero.» Bianca lo sapeva.

«Io sono di turno. Mi serve mezz'ora per trovare un sostituto» continuò Beatrice. Prese fiato. «E non dire a nessuno scemenze come quella dei cani. Ti prendono per matta e si perde solo tempo.»

Bianca non rispose.

La luce del pomeriggio ancora estivo entrava da tutte le finestre e un vento tranquillo gonfiava un poco le tende, la lavanda dondolava le spighe già sfiorite sotto la finestra aperta, il suono dell'acqua si intonava al silenzio. Era tutto normale. Bellissimo e normale. Le pareti non si sfaldavano, l'aria non si accartocciava, il sole imperterrito transitava in alto.

«Bianca?»

«Farmacia. Va bene. Farmacia.»
Respirò.
«È colpa mia» concluse.
«Arrivo.»

62

Arrivarono. Il farmacista, una commessa, un paio di clienti, la polizia, Silvano, Beatrice. Qualcuno andò allo studio di lui. Lui non c'era e il bambino nemmeno. Non l'avevano mai visto, disse ciascuno. Valentino lasciò l'ufficio con l'approvazione degli altri e andò a casa di Bianca. Lei in piedi vicino al tavolo da lavoro, le mani lungo il corpo come se non le sapesse più muovere per sempre, ripeteva di nuovo il luogo e il tempo e le circostanze.

Chiunque si sentì in diritto di aprire porte e armadi. Anche i cassetti.

«Non è così piccolo, cosa stiamo facendo ancora qui?» disse il farmacista ad alta voce. «Bisogna fare una squadra e battere il quartiere, bisogna esser scientifici.»

«Le tende» disse Bianca. Si voltò verso Beatrice.

«Cosa vuoi dire?» le chiese Valentino. Le teneva la mano, ripetendo il gesto di lui, qualche mese prima.

«Dietro le tende non ho guardato bene forse.»

«Vado» disse Beatrice.

Inutile contrastare la follia. La casa era piena di gente che controllava tende e tappeti.

«Dove si trova il padre?» chiese il poliziotto che sembrava il capo. Era stato molto cortese fin dall'arrivo.

Aveva guardato quell'ambiente, così lontano da quelli che frequentava di solito, con un interesse trattenuto, non poteva distrarsi ma aveva capito che era tutto un po' straordinario lì dentro.

«Non c'è.»

«Signora, sono dispiaciuto ma dobbiamo sapere. È mancato?»

«Sì. Morto.»

«E, mi perdoni, c'è un altro uomo?»

«No. Sì. No. Forse pensavo che ci fosse. Ma no, non c'è.»

Il poliziotto si rivolse a Beatrice che era tornata dal giro delle stanze.

«Chi è?»

Lei gli prese il bloc-notes e nel silenzio creato dall'attesa di una risposta scrisse nome e indirizzo.

«Ah!» disse l'uomo dopo aver letto.

«Il bambino ha dato segni di disagio nei giorni scorsi?»

«No.»

«Tutto normale? Litigi, minacce di andarsene. Era forse geloso del...»

«No!»

«Sta bene? Si può allontanare senza pericolo?»

«È allergico, soffre di attacchi di asma. Non sono gravi. Ha con sé il farmaco sempre. In cartella o in tasca. Sempre sempre.»

«Anche oggi?»

«Sì. Lo controllo tutte le mattine. Sì.»

«Ci serve una foto recente del bambino.»

Bianca si mosse all'improvviso piena di determinazione. «Sono in camera sua le foto. Vado io.»

Salì le scale. Lungo la schiena, sulle gambe quel giorno un poco più scoperte del solito, fin giù sulle caviglie, sui tacchi alti dei sandali dorati, sentiva gli sguardi dei presenti, incerti fra la compassione e il giudizio. Non si perde di vista un bambino di otto anni. Lo sapeva. Ma lui era saggio. Aveva paura dell'esterno, non usciva da solo, non l'aveva mai fatto. Erano pochi minuti. Ma era stata distratta nelle ultime settimane. E il disagio, come l'aveva chiamato il poliziotto, c'era. Lei si trovava lontana col pensiero. Gabriele lo sentiva. Ma non sarebbe mai scappato.

Le mancava il respiro. Come a Gabriele, pensò. Come a lui.

Entrò nella camera. C'era il suo odore bambino, come prima, quando lo aveva cercato. Aprì il cassetto alto dell'armadio bianco. Gabriele lo chiamava ancora così. Da piccolo non ci arrivava e se lo faceva aprire. Adesso lo sovrastava, ma era sempre il cassetto alto. La scatola delle foto era là. Farle toccare da estranei no. Si frugano le foto dei morti. Se le toccano non torna più, pensò.

Sopra c'erano quelle di Gabriele bambino. Doveva averle guardate da poco. Si incantò. Era così bello. Si sentì piegare in due e si aggrappò al cassetto.

All'improvviso sentì che il silenzio era troppo. Non c'era il suono della fontanella. Alzò gli occhi. Riflessi nello specchio, da quella prospettiva rovesciata che lo specchio restituiva, vide prima i piedini scalzi. Le gambe magre incrociate, una caviglia sull'altra. Poi vide le mani, congiunte sulla pancia, sulla maglietta gialla stropicciata. Era a terra, disteso sul pavimento, nello spazio stretto che c'era tra il letto e il muro, lungo la parete dipinta d'acqua. Non vedeva il viso, nascosto dal letto. I capelli spuntavano, i ricci un poco più alti del livello del pavimento si muovevano all'aria che entrava da tutte le porte e le finestre della casa.

Sembravano vivi.

«Gabriele?» chiese rivolta allo specchio. «Uno specchio risponde?» pensò. «Specchio delle mie brame, certo che risponde.»

«Sì?»

«Ti cercano tutti. Ti ho cercato. Ti ho chiamato. Stai bene?»

«Sì.»

«Non mi hai sentito?»

«Sì.»

«Mi hai vista quando sono entrata qui prima?»

«Sì.»

«E perché non mi hai risposto?»

Silenzio.

«Gabriele perché non mi hai risposto?»

«Non volevo disturbarmi.»

63

«Faccio da sola, Beatrice. Va' a casa.»

«Va bene, ma resto.»

Gabriele era seduto sul tappeto, proprio nel centro, le gambe incrociate, la schiena un poco curva dei bambini quando si lasciano andare. Stanchi. Beatrice si accoccolò vicino a lui, le gambe incrociate, la schiena dritta di chi è abituato ad affrontare qualsiasi cosa. Non somigliava per niente a Bianca, era scura di capelli e riccia, come Gabriele.

«State bene vicini» disse Bianca. Sorrideva. Era stremata. Si muoveva nello studio e riportava al loro posto le cose. Il portapennelli sul tavolo da lavoro, i fogli nelle cartellette, lo faceva con metodo, ma sbagliava, si rendeva conto che sbagliava e si correggeva, sentiva gli occhi di Gabriele sulle sue mani.

Erano andati via tutti, anche Silvano, a riprendere il controllo di casa. Valentino era andato per ultimo. Aveva abbracciato Bianca stretta stretta senza parlare.

Gabriele non aveva detto niente che potesse spiegare razionalmente l'accaduto.

In realtà non era accaduto proprio niente. Tutto era

durato poco più di un'ora. Non è una scomparsa seria la scomparsa di un'ora. È un gioco.

A Bianca il poliziotto gentile lo aveva detto chiaramente.

«Sembra un gioco. Lo avete fatto altre volte?»

«No.»

«A scuola ti nascondi, Gabriele?» aveva chiesto al bambino.

«No.»

«Stai bene?»

«Sì.»

«Perché stavi sul pavimento?»

«Mi riposavo. Vicino all'acqua.»

«L'acqua» aveva ripetuto il poliziotto. «È molto bella la tua parete.»

«Sì.»

«Credo che non dovresti farlo più.»

«Sì.»

«Sì, non lo fai più?»

«Sì.»

Non era infastidito il poliziotto e nemmeno la sua collega arrivata con lui. Erano sollevati. Bianca aveva sentito l'incertezza. Non era sicuro di voler segnalare il fatto ai servizi sociali anche se avrebbe dovuto.

Sfuggiva quasi tutto di quella brevissima storia di relazione.

E del resto anche il buon marito che uccide senza segni di preavviso è una storia di relazione che sfugge.

Erano andati via portandosi dietro il farmacista, i clienti e la commessa.

Bianca aveva bisogno di fare qualcosa. Si mise un camicione azzurro con le piccole ipomee viola e rosa.

«Dipingi?» chiese Beatrice.

«No.»

«L'ha messo per sentirsi» disse Gabriele.

«Tu pensi troppo.» Beatrice lo strinse a sé e lo fece rotolare sul tappeto. Si misero a pancia in su, le braccia aperte che si toccavano.

Bianca li guardò dall'alto. Poi alzò gli occhi al soffitto.

«Bisogna dipingere il soffitto di celeste» disse.

64

«Dov'è?»

«Dentro la scatola delle fotografie.»

«Di nuovo?»

«Sì.»

«Perché?»

«Così.»

65

Bianca prese il quaderno. Gabriele lo aveva lasciato sul suo tavolo accanto ai pennelli, prima di andare dalla zia. C'era una luce orizzontale di fine estate che entrava dal giardino. Lo aveva lasciato bene in vista e questa era una trasgressione alla regola. La regola era di doverlo chiedere. Chi lo chiedeva aveva qualcosa da comunicare. Non tutti i giorni.

Sulla copertina c'era scritto VALET, con una grafia da bambino che sta imparando lo stampatello. Gabriele aveva sofferto di lasciare Venezia. Girava per la casa e spostava sedie e cuscini e anche i suoi disegni. Lei non trovava i libri che aveva appena messo sugli scaffali e questo in un crescendo che aveva coinvolto gli oggetti da cucina portati in camera, le scarpe nello studio, i fazzoletti in frigorifero, i colori nelle scatole di lucido da scarpe. Tutto fuori posto. Non si poteva parlargli direttamente, si copriva le orecchie con le manine e si metteva a miagolare. Lei era quasi impazzita. Era stato suo padre a trovare la strada. Aveva cominciato a dipingere quel che lui gli chiedeva. Era vecchio e faceva fatica, ma Gabriele lo guardava incantato, seduto per terra, e si dimenticava di spostare le cose. Quando lei non trovava un cavatappi o la chiave del garage, suo padre diceva dall'alto del trabattello su cui dipingeva: «*Dis-moi, Gabriele. Je suis ton valet*». E Gabriele glielo diceva: «Sotto le coperte in fondo al letto, dentro il puzzle dei Campielli, in cima allo specchio in camera tua». E il padre di Bianca scendeva lentamente e poi andava, il bambino dietro, che rideva del gioco, andava e lo diceva a Bianca. Solo così Gabriele parlava.

Dopo la sua morte Gabriele aveva scovato un quaderno vecchio, ci aveva scritto VALET e il gioco era continuato. Per cose particolari e importanti Gabriele e Bianca comunicavano così. Solo una frase per volta, era la regola. Solo se era importante. Nessuna parola inutile.

Ultimamente ci avevano scritto più del solito.

66

«Perché stai male?»

«Perché non sono nei suoi pensieri, Gabriele.»

«Lui è nei tuoi pensieri?»

«Sì.»

«E io sono nei tuoi pensieri?»

«Sempre, Gabriele. Tutti i momenti.»

«Ma come facciamo a starci tutti e due?»

«Mamma, tu riesci ad ascoltarmi quando stai male?»

«Sì.»

«Ho provato a stare male come te.»

«Non farlo mai più. Cosa hai fatto?»

«Ho chiuso l'acqua, le tende, le luci e ho immaginato a occhi chiusi.»

«Per questo stavi per terra in camera?»

«Sì.»

«Non farlo. Non è così come immagini.»

«Lo so. Non stavo male come stai tu.»

«Mamma, com'è l'amore?»

«È non aver più bisogno di niente.»

«Neanche di me?»

«Mamma, si può dire no, non mi innamoro?»

«No.»

«E se poi stai male, si può dire no?»

«No.»

«Mamma, voglio andare in Patagonia.»

«Cosa sai della Patagonia? Perché in Patagonia?»

«Ci sono le balene e i pinguini di Magellano. Voglio vedere i pinguini di Magellano con te. E tu disegni le onde con le balene.»

«Come sai della Patagonia?»

«La nonna ci voleva andare. Il nonno me lo ha detto.»

«Cosa ti ha detto della Patagonia?»

«Ha detto: come dice la nonna, prima va' in Patagonia.»

«Non è stagione per la Patagonia.»

«Zia Beatrice parte per il Tibet.»

«Non ci sono i pinguini di Magellano.»

«Però lo yeti magari sì.»

67

Lui non le telefonò nemmeno dopo il fatto. I giornali locali avevano pubblicato la notizia, niente nome del bambino ma Costanza gli aveva messo gli articoli sulla scrivania. E comunque Valentino aveva parlato.

Lei lo cercò ancora un poco. Con discrezione e con la libertà che le veniva dal sapere che non era stata una visione. C'erano stati giorni e notti e pensieri e cene e progetti e parole, tante parole e belle, le parole. Sei un regalo, sì. Ma anche sei un incanto, insieme faremo grandi cose, la nostra sarà un'alleanza, è come un mondo che cambia, il nostro mondo che cambia. C'era quel percorrere il suo corpo come se fosse un disegno da scoprire.

Forse era stato niente.

Bianca alla fine chiamò anche Valentino, che non rispose. Non sapeva cosa dirle.

A volte quando ce ne andiamo non c'è proprio nessuno che cerchi di fermarci.

68

Una mattina in ufficio arrivò una lettera. Era dentro una busta color calicanto. Un chiaro un poco ombreggiato. Era scritta a mano. Il tratto sottile della stilografica con l'inchiostro mari del sud. La posta la apriva Costanza, tanto erano solo fatture. Aprì anche quella, che con ogni evidenza non era una fattura.

«Dimmi qualcosa di vero» lesse lui.

Nessuna data, una sola frase nel mezzo del foglio.

Strinse gli occhi a fessura. La bocca a culo di gallina come sua madre.

Poi appallottolò il foglio e lo fece volare verso il cestino. Lo centrò perfettamente.

69

Quando Bianca smise di cercarlo lui non si sentì sollevato come avrebbe voluto. Riprese ad arrivare con i suoi orari. Con prudenza, telefonava a Costanza e nemmeno chiedeva. Lei diceva: «Tutto bene, quando vieni?» e di lì a poco lui arrivava. Bianca prima aveva cominciato a telefonare solo qualche volta, poi non lo fece più. Lui rimase in tensione. Il pensiero di lei lo distraeva dal lavoro e questo lo infastidiva oltremodo.

Nessuno ne parlò per giorni. Non era facile perché lavoravano alla collezione dell'autunno successivo, la «Linea dell'istante» come era stata chiamata, la prima ispirata ai suoi disegni.

Discutevano l'inserimento di un bordo sottile di raso color ottanio sulle giacche e le gonne della collezione. Il collo alla coreana delle giacche si prestava bene, e il bordino sottolineava la linea a tre quarti, inusuale. Ma sulle gonne mortificava lo slancio delle gambe. Certo non sulle modelle taglia quaranta anoressico, quelle che lui non aveva del resto, ma su tutte le altre e su una qualsiasi donna normale avrebbe potuto fare questo effetto. Per cui provavano e riprovavano a fare il bordino più alto, più basso, un cordoncino di raso, un trapuntato importante.

«Ma non le piacerebbe per niente» disse Claire. Teneva l'ultima versione della giacca appoggiata sopra il suo completo di pantaloni e top neri e guardava l'effetto che faceva allo specchio.

«Credo anch'io» disse Marinella. «È come una musica dodecafonica. Splendida musica dodecafonica. Ma non le piacerebbe.»

«Bian... Lei ascolta musica contemporanea» disse lui ruvido. «E l'importante è che piaccia a noi e ai clienti. Quando arrivano i parigini?»

«Domani» disse Costanza. «I contratti sono pronti.»

«Tutto bene allora» disse lui.

«Sì. Perfetto» rispose Costanza.

«Sappiamo dov'è?» chiese lui.

«No» rispose Costanza.

«Purché non sia morta» pensò.

70

«Lui vede solo se stesso ma si pensa un benefattore, pretende la tua riconoscenza e lascia di te una rovina.

Ricorda questo. Ricordalo sempre. Da lui ci si salva con un colpo d'ascia. Bisogna sparire. Svanire come se il sogno fossimo noi. Diventare incubo. Cosa farà. Dove sarà. Cosa mai scriverà. Sparire senza voltarsi mai. Fa un male che ci si spacca in due. Si sprofonda e ci si chiede come potrà esserci un giorno, un'ora, un minuto ancora senza la speranza, almeno il sogno, un'ombra di possibile ritorno di vita perduta. Si sprofonda e manca il respiro e anche l'anima si accartoccia e Dio si capisce che non ha mosso un passo dal suo trono. Dal seduttore ci si salva da soli.»

71

«Stai dicendo che non posso fare il contratto?»

Era seduto ma era come se fosse in piedi, furioso, sovrastante. La rabbia riempiva lo studio.

Giulia era invece in piedi davanti a lui, ma sembrava più alta del suo metro e mezzo. Qualcosa la rendeva più grande.

«Gli avvocati dei parigini dicono che la nostra opzione di tre mesi sui lavori di Bianca è insufficiente a garantire l'esclusiva, ovviamente. Che roba è tre mesi? Era di dieci anni, dieci!»

«Ho sbagliato» disse Giulia tranquilla. «C'era stato il contratto di tre mesi per la manutenzione delle piante. Un copiaincolla distratto. Un errore.»

«Tu non fai errori. Non può essere un errore. Un errore così è un disastro, cazzo. Una catastrofe. È enorme. Sai cosa sono quei disegni? Sono il pane di tutti qui dentro. E la gloria. Sono il futuro di anni. Non può essere. Impossibile. Trova una soluzione cazzo, o sparisci!»

«Sparisco.»

«Cioè? E dove andresti?»

«Non sono tenuta a dirtelo.»

«Allora è un complotto fra te e lei! L'ho detto che

non può essere un errore. È un tramaccio. Avete fatto tutto alle mie spalle! »

Era ridicolo solo pensarlo e lo sapeva.

« È un errore. Capita. »

« Non ci credo. Tu sei una che controlla. E mi ricordo benissimo che hai controllato. Hai riletto il contratto da cima a fondo un attimo prima di consegnarlo per la firma. Eri in piedi accanto a lei e lo hai riletto. »

Giulia lo guardava.

Poi parlò lentamente come per fargli entrare bene in testa il concetto.

« Me ne sono accorta alla firma. Ho fatto il contratto delle piante e quello di Bianca negli stessi giorni. Avevo in mente i tre mesi delle piante, ma l'ho visto l'errore, in tempo per cambiare la scrittura. Solo che quel giorno ho capito. Bianca così bella, così innamorata. Tu così troppo contento. E l'ho lasciato. Tanto si può correggere, se lei vuole. Si può correggere anche domani. Preparo un nuovo contratto. »

« Cazzo. Ci sarà qualcosa che si può fare. »

« No. Direi di no se Bianca non ne firma un altro. »

« E Bianca lo sa? »

« Le ho scritto. Le ho scritto scusandomi per l'errore. »

72

«Ti sembrerà di morire ma non è così. Ti sembrerà di voler morire, ma devi resistere. Non sai cosa c'è domani, non lo sai. Prima di morire parti per la Patagonia. Che ne sai della Patagonia? Magari è là il tuo posto. Perché il mondo sarebbe così grande altrimenti? Magari da una spiaggia della Patagonia vedi fra le onde la linea perfetta di un pinguino di Magellano o il respiro energico di una balena o il bianco solo il bianco di un'onda ricadere candido di luce, e capisci che sarebbe stata follia andartene prima.»

73

«Tre miliardi e mezzo» disse Costanza.

«Di cosa?»

Era di umore nero e la ruga che nei giorni tranquilli segnava appena la fronte con un tratto orizzontale pronto a sparire se sorrideva, scavava ormai un brutto solco violaceo proprio in mezzo, fra le sopracciglia e i capelli, un solco che pretendeva di essere visto.

«Di donne. Tre miliardi e mezzo di donne. Sono più degli uomini. Al netto di vecchie e bambine, te ne resta almeno un miliardo.»

«Se ne esco vivo, chiudo.»

«Dodici volte.»

«Dai i numeri oggi.» Era rabbioso.

«Dodici volte lo hai detto, da quando ti conosco.»

«Dio, mi controlli?»

«Troppo poco lo faccio. E comunque l'importante è che ne esca viva lei. Un'altra che si avvelena o si butta e non finisce bene.»

«Sai qualcosa?»

«No. Sparita.»

«Il bambino?»

«Bisognerebbe chiedere a Claire, con le sue conoscenze ci arriva. Io ho provato. Non è al lavoro. Questo lo so perché ho telefonato a scuola. La casa è chiusa ma non è in vendita. Sua sorella è in Tibet con un progetto di ecografi portatili o qualcosa di simile. C'era la notizia sulla *Gazzetta* di qualche settimana fa. Più in là non so andare.»

«E i parigini che dicono?»

«Comprano se il contratto è regolare.»

«E quella non torna.»

«Qualcosa hai già avuto.»

«E cosa?»

«Lei. Hai avuto lei.»

«Ah, sì, questo. E il resto?»

«Non si vince sempre tutto.»

«Non si trova. Cazzo cazzo cazzo.»

«Purché non sia morta.» Questa volta Costanza lo disse ad alta voce.

74

«Amica mia, so che comprendi più di quel che so dire. Ho vissuto tutte le incertezze del sentimento. Un altalenare bizzarro (perdonerai che le tue parole siano un po' le mie ormai) di fuga e ritorni. Sono scomparso e mi hai cercato. Non ho parole per giustificarmi. Non ho parole quasi. Ho solo le tue. Il mondo può essere migliore. Il male non è un destino. Anche il mio male può non essere un destino. Le cose possono cambiare. Io posso cambiare. Ti chiedo di vederci e di parlare. Qualsiasi cosa sia capitata, la si può riparare. Qui tutti ti aspettiamo.»

75

Quando lei era arrivata lui non l'aveva riconosciuta.

Eppure anche l'aspetto lo avrebbe potuto aiutare. Coincideva tutto. Era biondissima, quasi albina, e i capelli corti e sottili le facevano come un'aureola intorno al viso. L'angelo di Costanza.

La sua salvezza. Ma non la riconobbe. Non l'avrebbe riconosciuta nemmeno se avesse avuto i capelli neri. Lui adorava i capelli neri.

Guardò al di là del vetro. Claire aveva i capelli neri e ancora gli piaceva. Ma non era innamorato. Di nessuna forse. Forse la verità era questa anche se parlare di verità gli dava fastidio.

«Si sentiva ed era vecchio» pensò suo malgrado.

Gli dava fastidio anche ricordare quei versi di qualcuno che non sapeva, perché vecchio non era proprio ancora del tutto, però era vero che lei gli aveva portato una nuova primavera come diceva la poesia da qualche parte.

Lo confondeva il piacere di vedere i suoi occhi grandi e chiari diventare mare largo quando lui le faceva i complimenti. E questo si mescolava al piacere di avere per le mani i suoi disegni, e poterli usare nel suo lavoro e poter sentire da tutti ma che talento, ma che talento, dove l'hai trovato questo talento.

La verità è che quando finalmente lei era sparita si era sentito anche perso. Si era abituato a quel suo esserci, inesauribile esserci. Alla fine l'aveva cercata per tentare di salvare il tesoro. Non aveva idea di quel che avrebbe fatto se lei fosse tornata. Ma non era andata così. Nessuna risposta alla sua mail. Invece aveva risposto a quella di Giulia. Giulia glielo aveva detto.

Era una grazia, quando le donne sparivano. Niente discussioni, niente pianti, tristezze, vendette. Era tutto molto pulito. Il dolore non tracimava, era lontano, portato via. Un bel sollievo.

Una era sparita un po' troppo. Si era uccisa, ma tutti, proprio tutti, non solo i dipendenti o gli amici, tutti tutti erano corsi a dirgli che aveva problemi anche prima. Prima di conoscerlo. Si intende. Ma nessuno lo diceva così. Dicevano *prima*, e basta.

Poi la famiglia di Luneta aveva confuso le acque e aveva detto che era stata ritrovata in fondo a un ghiacciaio fra le montagne che amava. Scivolata. Certo che era un po' strano perché era prudente, sciava bene. Ma a furia di raccontarlo diventò vero quel che bastava, anche per lui. E la confusione delle chiacchiere gli aveva dato la possibilità di essere compatito da chi non sapeva tutto. E chi sa davvero tutto?

Cercò di sentirsi sollevato anche questa volta, come tutte le altre volte. Gli riusciva meno di quel che avrebbe desiderato. Si chiese ancora se ci fosse un modo per avere a disposizione i suoi disegni. Ne aveva di bellissimi, era un tarlo il fatto di saperlo, inutile ripeterselo. Da farci vivere per anni lo studio. Forse avrebbe potuto chiedere alla sorella. Magari non sapeva tutto. O forse sapeva troppo.

A distanza di un mese la storia non era per niente passata. Lo minacciava un cupo senso di giudizio universale incombente. *Tu es une petite merde*, gli aveva detto Gabriele. Pensava questi pensieri e sfogliava un portfolio senza speranza quando lo sentì.

Sentì un passo ben saldo salire le scale. La porta dello studio era aperta come spesso capitava, c'erano solo loro in cima alla scala a torciglione. Era buia la scala ma il passo era fermo, il tacco portato con sicurezza. Entrò in ufficio senza bussare. La porta era aperta del resto, appunto.

Vide le sue gambe per prime e le riconobbe, e alzò gli occhi su di lei pronto con le parole giuste. Se le era ripetute tante volte dopo che con i parigini era saltato tutto. Lui sapeva l'arte di parlare. Arte rubata qua e là. Ma alla fine lo sapeva solo lui che era rubata.

«È un regalo» disse rapida come unica presentazione la donna che era entrata. «Sono la sorella di Bianca.» Capelli neri.

Lui capì subito che Beatrice sapeva. Lo sentì nell'ironia dell'espressione. «È un regalo», un piccolo affilato puntuto ripetere le sue parole. Che erano anche quelle parole rubate a una donna, la prima che aveva avuto da ragazzo. «Sei un regalo» gli aveva detto e lui si era innamorato di quell'espressione così limpida.

Beatrice allungò verso di lui, tenendola con entrambe le mani, perfettamente orizzontale, una cartella per disegni, grande, ricoperta di fiori violetti che lui non conosceva, i nastri di raso viola che la chiudevano con un fiocco morbido che conosceva. Facile da sciogliere. «Bianca dice di dargliela.»

La lasciò sulla scrivania appoggiata su carte, bozzetti, ritagli vecchi di giornale. Poi si voltò per andarsene.

«Bianca dov'è?» chiese lui precipitosamente.

«Non la riguarda.» E uscì.

Un blando odore di disinfettante rimase nell'aria. Nessun saluto.

Lui aveva la cartelletta davanti. Sorella di quella che Bianca portava in ufficio. Sorella. Con fiorellini diversi. Ma ugualmente candida.

Gli tremavano le mani mentre scioglieva ancora una volta un fiocco, per aprire la cartelletta.

Erano fogli che non aveva mai visto, era la serie dei boschi. Non quelle che aveva perso per il contratto scaduto. Era una serie nuova. Ci avrebbe vissuto per anni l'agenzia. Suoi. Tutti suoi.

Lei glieli aveva mandati. Anima candida.

Al di là del vetro Costanza buttava i giornali nel cestino, uno dietro l'altro. Sapeva che tutti i giorni era sollevata di non trovare notizie di Bianca su quelle pagine. Sarebbe durato poco il sollievo. Qualche mese e la serie dell'acqua, una che lui non aveva mai visto, avrebbe traboccato sulle riviste e sui giornali. Una mostra, una sfilata, i tratti riconoscibili, inconfondibili. E poi la serie delle nuvole. E quella delle montagne. Il Tibet, certo. Certo l'aveva ispirata il viaggio con la sorella, facile da capire. Nelle fotografie sulle riviste appariva bella. Raccontava la sua vita di artista senza nessun imbarazzo. Bella e nuova.

Claire era al telefono, le gambe stese davanti a sé, i piedi puntellati sui tacchi, li muoveva a destra e a sinistra, come dei tergicristalli. Lo faceva sempre, per tenere snelle le caviglie.

Valentino lavorava al computer. Marinella era in piedi vicino alla scrivania con un cestino in mano e buttava i resti di un *Pothos* secco e di un'orchidea dalle foglie mollicce.

Si sentì sollevato ma poco. Pensò che doveva chiamare qualcuno a portar via lo scheletro del ficus. Incredibile come fan presto le piante a morire senza un contratto di manutenzione.

Comunque lui era sicuro di non averle promesso niente.

La porta del suo studio era un buco nero sulle scale buie.

Cercò di sentirsi più vivo come le altre volte, come sempre quando una storia finiva. Però non ci riuscì.

Fotocomposizione:
Nuovo Gruppo Grafico S.r.l. - Milano

Finito di stampare
nel mese di gennaio 2016
per conto della Ugo Guanda S.r.l.
da Grafica Veneta S.p.A.
di Trebaseleghe (PD)
Printed in Italy